何承刚

著

杨家河，一河乡愁流到今

刘彦年题

远方出版社

图书在版编目（CIP）数据

杨家河，一河乡愁流到今 / 何承刚著. -- 呼和浩特：
远方出版社，2021.5

ISBN 978-7-5555-1511-1

Ⅰ．①杨… Ⅱ．①何… Ⅲ．①散文集 - 中国 - 当代
Ⅳ．① I267

中国版本图书馆 CIP 数据核字（2021）第 075780 号

杨家河，一河乡愁流到今
YANGJIA HE,YIHE XIANGCHOU LIUDAO JIN

著　　者	何承刚
责任编辑	蔺　洁　云高娃　王　福
封面题字	刘广星
插　　图	江云山
责任校对	蔺　洁
版式设计	韩　芳
封面设计	李林武　李鸣真
出版发行	远方出版社
社　　址	呼和浩特市乌兰察布东路 666 号　邮编 010010
电　　话	（0471）2236473 总编室　2236460 发行部
经　　销	新华书店
印　　刷	内蒙古爱信达教育印务有限责任公司
开　　本	170mm×240mm　1/16
字　　数	278 千
印　　张	18.25
版　　次	2021 年 5 月第 1 版
印　　次	2021 年 6 月第 1 次印刷
印　　数	1—3000 册
标准书号	ISBN 978-7-5555-1511-1
定　　价	39.80 元

如发现印装质量问题，请与出版社联系调换

河一般的男人与水一样的文字

林景新

我跟何兄承刚是在中山大学的课堂上相识的。这个皮肤黝黑的内蒙古汉子讲话温声细语，注视人的目光热烈而善良，虽然他年纪大我甚多，却很谦虚，对我执以师礼，这很让我有莫名的虚荣。

作为广东人，内蒙古对我而言只是一个遥远的地理概念，巴彦淖尔市磴口县更是一个抽象的名称。我认识承刚兄后，这些抽象与遥远的概念开始变得生动而且具体起来。

几年前，承刚兄再次来广州出差，我邀请他到广州三元里城中村一家条件简陋的小吃店品尝潮汕小食。当晚，我们在灰尘滚滚的马路边，畅聊人生，推杯换盏。从待客之礼来说，这不是欢迎远方客人的恰当之道。但承刚兄不仅大快朵颐，还执意要店家教他如何烹饪肠粉，并诗意翩跹地写出了一篇对广州美食的感受文章。

那时我就感觉，这个内蒙古汉子性格里有北方大河的生命底色：不拘小节，不拘一格，不落窠臼。

如果你是一个普通人，生命底色会成为你的性格。如果你是一名作家，生命底色就是你的文风。

拜读承刚兄这本新书，那些朴素的文字总让我想起北国之春，想起一望无际的白杨树林，想起苍茫大地上流淌的河。这就是文字的力量，带来画面，带来回忆，带来美好。

中国人的一生就是在离乡、思乡、返乡中度过，而写作者则是乡愁的寄托者。他们用故事、用诗歌，把故乡这个词拉伸出无比的宽度。

"故乡不是一个特定的概念，而是一片辽阔的土地和心情，当你忆念起故乡这个词时，你就已经瞬间回到她的怀抱。"

莫言用动人的文笔描述了家乡高密，贾平凹用幽深的意境讲述陕西商州故事，承刚兄用水一样的文字讲述了北方的河与乡愁的故事。

"我们曾在巴比伦的河边坐下，一追想锡安，就哭了。"《圣经·旧约》里的思乡之愁流传千年，延绵不绝。

流不完的河水，流不尽的乡愁。故事的动人不一定在于文本本身，而更在乎文字的意境。一个区域、一个县或者一个村庄，故事或许是有限的，但卓越的讲述者却能为有限的故事赋予无限的含义：一条河延绵万里，一棵树屹立千年，一个传说流传百世。

每个乡愁的记录者都是这片土地的守望者，因为时光会流逝，故人会离开，故土会变化，唯有文字带来的美好永存记忆。承刚兄是可敬的，因为他一直在记录，而记录本身是对抗遗忘唯一的顽强。

我们要向所有家乡的记录者致敬，这无关他们的文字，只关乎他们对大地的热爱。

为何我们的眼里常含泪水，因为对这片土地爱得深沉。

2020 年 10 月 13 日

中山大学

杨家河，一河乡愁流到今

让故事充满思想，让思想充满温度（代序）

官亦鸣

深夜，在北京觉西庄园的宿舍里，读着何承刚发来的书稿，窗外万籁俱寂，远远地传来或低或高的诵经念佛声。眼睛里看到那一篇篇浸透着家乡河水的乡愁思绪，一如百年流淌的杨家河水，或低或高，或缓或急，有声无声地流过我的每一根神经。此时，心中忽然涌出不知是在哪本书中读到的文化老人文怀沙的一句话："让故事充满思想，让思想充满温度。"这不正好是在说眼下何承刚的这本书吗？

习近平总书记在党的十九大报告中指出："文化自信是一个国家、一个民族发展中更基本、更深沉、更持久的力量。"并且告诫我们不忘本来、吸收外来、面向未来，更好地构筑中国精神、中国价值、中国力量，为人民提供更多的精神指引。

然而阳光也有阴晴，美好也会沦丧，精神也会丢失，改革开放四十年，丢失了很多中国精神。

何承刚敏锐地意识到，中国精神是中华民族五千年华夏文明的集大成者，是贯穿在每个华夏儿女血液中生生不息、一脉传承的精神支柱，她来源于家乡的老屋和老屋中心传口述的故事中，来源于淙淙小河流过房前屋后的流水声中，来源于每座祠堂庙宇的烟火中，更来源于飘散在一家一户房顶上的袅袅炊烟中。

承刚用他的笔记述着这一切。他的这本散文随笔中，字里行间都在向人们传递着一种自觉的精神力量和这种力量的原始清醒，源源不断地传承着精神自觉。无论是在《杨家河，一河乡愁流到今》还是在《红柳花开》《民勤寻根》《大铁锅里煮出的年味》，读者都会从中找到精神家园和家国情怀、中国精神，从而隐隐的有一股中国力量油然而生。他以一种高度的责任感和自觉意识，像农民守护自己的家园一样，珍惜着这人间一切的美好，无论是《故乡的钻天杨》还是《端午节的香包》，在作者的笔下都是那样的挑逗着读者的美好思绪，构建着自己的家国情怀和精神家园。

丹青难写是精神。而在这部洋洋洒洒一百三十篇散文随笔中，可以毫不夸张地说，虽不是篇篇珠玑，但字里行间无不闪耀着思想的阳光和中国精神的光芒。

中国精神总是在平凡中孕育，且总是把根深深地扎在平凡人、平凡事中。

他在《故乡的钻天杨》中写道："田野永远辽阔、永远年轻，永远唱着丰收的歌谣。中年的我们坐在田间回忆童年，唯有身后的钻天杨是我们忠实的听众。"

年轻的田野、丰收的歌谣和身后的钻天杨永远是我们的精神支柱。

著名作家王宏甲说："中国精神，平凡品格，犹天无私覆、地无私载、日月无私照，是能够温暖地照耀着每个人的生活和人生的。"

而最能体现中国精神的便是中国式的乡愁了。

乡愁是古今中外文人墨客笔下最多的话题，是上至殿堂，下至村头永远说不清道不明的话题。

一个愁字，何止酸甜苦辣、百感交集。

一个愁字，承载着千年的历史和昨夜的思绪。

一个愁字，寄托着多少游子安放灵魂世代不变的精神支柱。

一个愁字，写尽了人们永不割舍的血脉传承、家国情怀。

乡愁是一种精神，是一种浸透着深沉的爱国爱家的情感载体，因而也是一种根深蒂固的文化自信。

在承刚的笔下，乡愁是一锅醇香的猪肉烩酸菜，是《失落在黄土院里的童年》，是中秋明月，是日思夜盼的年味儿，即便是收在《乡愁篇》《乡恋篇》《乡趣篇》《乡情篇》《乡乐篇》的儿时记忆、亲友往来、感时悲节、励志明目的章节中，一以贯之的依然是从中寻找着精神支柱，理出千丝万缕的头绪，酿出生活的真滋实味，品咂人间真善美的真谛。

一个国家、一个民族最能体现其民族精神的，莫过于生活在这个国家、这个民族中的平凡事、平凡人。

人是社会和历史的主体，没有人就没有历史，也就没有文学艺术，所以一切的文学艺术作品都是写人的。

收入这个集子中的文章，无论是写故乡的河、故乡的树、故友乡邻还是故乡味道，甚至一花一草、一猫一狗，无不浸透着人间烟火味，而只有写足了这些人间烟火气，才有了作品的温度和地气，而只有有温度接地气的作品才是最有生命力的。

我们这个时代的读书人，太多的现实都在告诫我们要警惕被成就、名利、金钱、地位所伤害。追求金钱地位本身没有错，错在本末倒置，错在失去了根。要学会接受平凡，立足根本。

读承刚这部作品，你会发现那些平凡人、平凡事中蕴含着伟大的祥和。乡村老屋、门前小河、袅袅炊烟中有着持久的力量，不肯接受平凡，你就永远感受不到生活的乐趣，甚至迷茫失去方向。

何承刚用这一百三十篇文章，去构建着平凡人不平凡的风格独具的文学世界，在这个世界里你会找到平凡生活中不平凡的生活乐趣。从而寻找到自己的角色和方位。

在这个世界里有着春风般的融融春意，夏日般的阳光明媚，他的笔下没有一句说教，更没有一句抱怨指责，他相信你若盛开，蝴蝶自来，他更相信腹有诗书气自华，因为人生自有诗意。

他要用笔留住他对生活的观察和对生活的思考，更重要的是用美好留住记忆，从而使每篇故事充满思想，每个思想都有温度。他知道不是每个人每天都有鲜花铺地、阳光明媚，但是每个人都会用心去构建一个自己的精神家园，都会用有温度的文字去慰藉自己的心灵，去找到自信，找到支撑自己的精神支柱。

这就是这本书给我们的启迪。

杨家河，一河乡愁流到今

目　录

乡恋篇

乡趣篇

乡情篇

乡乐篇

乡谐篇

杨家河，一河乡愁流到今

乡愁篇

杨家河，一河乡愁流到今

看到市里在黄河水利文化博物馆举办纪念杨家河开挖一百周年纪念活动的消息，触动了我心灵的闸门，一河温暖的水裹着黄土的馨香，泛着粼粼波光流回故乡，流回童年。

出生在杨家河边，就以为杨家河如门前的树、屋后的山、四周的田野，是家乡自然组成的一部分，从来没有人工开挖这一概念。站在杨家河畔，沿岸茂密的林带随着河道蜿蜒而下，上不见头下不见尾，涨满至河沿的河水奔流而下，气势逼人，仿佛要溢上岸来向我挑战：下来，游过去，你就是男子汉了。那时，没有走出故乡的我，以为杨家河就是最美最大的河了。

人们用"黄河百害，唯富一套"来形容河套得天独厚的富庶，我的家乡就具备了典型的河套平原特征。杨家河如同一条大动脉把黄河水引来，流入一条一条平行的农渠，滋润着一荡一荡平展展的农田，农田里有滚滚的麦浪，有无边的青纱帐和朵朵葵花簇拥成的金色海洋，还有瓜果茄辣糜谷豆黍……杨家河为这片土地注入了不竭的动力，在季节变换中展示着魔幻般的色彩，凝聚成无尽的累累果实。

杨家河上建起了三道桥，我的家就住在二道桥下这五彩的田野里，我强壮的父亲割了小麦又收玉米，生产队的粮食堆成了山，父亲和叔叔大爷们一车车拉着交了公粮支援国家建设。我勤劳的母亲缝了春夏补秋冬，村里来了老家逃难上来的"新来户"，母亲和婶婶大娘们你一碗米她一碗面，接济

杨家河，一河乡愁流到今

3

着他们渡难关。我看着"新来户"永远填不饱肚子的吃相，和伙伴们一起唱着歌谣奚落他们："新来户，胶皮肚，吃得老户呛不住。"我们忘了自家也曾是"新来户"，而"新来户"的孩子不久后也会唱着同样的歌谣奚落新的"新来户"。杨家河畔我的村庄就是这样在奉献和接纳中不断壮大、繁衍，悲欢离合伴着河水静静流淌，袅袅的炊烟和鸡犬的欢歌凝固在温馨的时光里。

杨家河里有我永远的欢乐。整个夏天，我和小伙伴们就嬉戏在她的怀抱。灌溉期，满河的水汹涌湍急，初识水性的我们不停地和她较量，直到鼓足勇气，义无反顾地奋力游向对岸，在用尽最后一点儿力气、呛了两口水后抵达岸边，在怦怦的心跳中升腾起男子汉的骄傲和自豪。停水期，河底浅浅的水清澈见底，被太阳晒得温暖柔滑，我们轻松自在地在河里围鱼，忘了没耐心等我们的太阳匆匆西行，忘了岸上等我们装苦菜的空箩筐。冬天河里的冰如一面平滑的大镜子，我们一个个都成为无师自通的花样滑冰高手，在寒冷的冬天玩得热火朝天，等我们拾柴的箩筐依然被尴尬地冷落在岸上。

童年的我看着春荣夏茂秋瑟冬寒却不觉沧桑变幻，以为这样的时光永不流逝，然而还没来得及守护，仿佛是不经意间的一场梦，醒来已成遥远的回忆。离开了杨家河，在他乡庸庸碌碌蹉跎了无数岁月，疲于应付眼前的现实，疏远了杨家河，杨家河却常常流进我的梦乡。见过了无数大江大河，最难割舍的还是那一弯美丽的杨家河，她永不停息，在我心中流淌成一河的乡愁，那里有我带不走的村庄、回不去的故乡、见不到的爹娘。

后记：1917年，河套地区杨米仓、杨满仓兄弟开始挖杨家河，历时十余年，历经漫长曲折的过程，共挖成干渠、支渠三百三十多里，总投资白银一十余万两，灌溉面积达到一千三百余顷。杨氏两代共四人（杨米仓、杨满仓、杨茂林、杨春林）积劳殉职。杨家河的成功开挖在河套西部形成了杨家河灌域，使得"民以河聚，千家烟火，万亩田歌，蓬勃向荣，遂有日新月异之势"，不仅解决了当地居民和外来移民的吃饭问题，而且有效阻挡了乌兰布和沙漠东侵，保护了河套灌区，其历史功绩不可磨灭。

故乡的钻天杨

国庆假期，参加堂兄女儿的婚礼，回到了生我养我的故乡——一个叫二道桥的地方。其实故乡并不遥远，然而离别三十多年，如梭的岁月忙于编织生计的纹理，不知不觉中，我早已把他乡当作了故乡，与故乡反倒要仔细辨认，努力在沧桑中寻找童年的模样。

我们的黄土屋哪儿去了？曾记得屋内母亲在煤油灯下边做针线边给我们讲牛郎织女、白蛇传，我们在神话中忘记了现实的艰辛，等待着父亲冒着风寒推开门的那一刻。院内的那棵大红柳哪儿去了？树间风的轻吟、鸟的鸣唱，满树粉红色的红柳花和摇碎了一地的阳光点缀了我睡在树下的童年。那忠实的小狗黑虎哪里去了？还有那偷叼我手中馍的红公鸡，躺着等挠痒痒的懒小猪……哪里去了？哪里去了？就连邻居的房屋也早已变了模样。我们兄妹站在被夷为平地的曾经的院落，一脸茫然，满心失落。

这时，我抬眼望去，家门前的水渠上，树丛中一棵苍老的钻天杨默默地看着我，"快看，那是当年的钻天杨"，我惊喜地告诉众兄妹。"是啊是啊"，大家一下子辨认出来，仿佛见到了久别的亲人。

从我有记忆的那刻起，家门前就有两棵笔直的钻天杨，那时，当地树种一般就是柳树和沙枣树，两棵充满青春活力的钻天杨更显亭亭玉立，成为眼前的一道风景。然而，如今只剩孤独的一棵，树身已布满虬突的树结，枝条也不再水灵，但它依然在这里坚持守望。

钻天杨，忠实的朋友，我们回来了，看到你，仿佛又看到了那逝去的一切，站在你的身旁，享受着你微风的抚摸，万千乡愁化为心灵的慰藉。

　　田野永远辽阔、永远年轻，永远唱着丰收的歌谣。中年的我们坐在田间回忆童年，唯有身后的钻天杨是我们忠实的听众。

春夏之交艾草香

前日下乡，发现田间地头长出一簇簇鲜嫩的艾草，感觉特别亲切。童年印象中，艾草在家乡的田野上不择条件，到处都是，平凡至极。艾草最风光的时候要数端午，家家户户早早从田野采来最新鲜的艾草，挂在门头、窗台，散发出幽幽的香气。艾草有药用价值，只是在需要针灸的时候才用到。据说还能食用，但"三年困难时期"吞糠咽菜的阴影还没有从大人的心头消失，因此断不会满足我们的好奇心。及至接触到屈原的《离骚》，虽然频现的香草意象好像没有提到艾草，但我总觉得它就是屈原最推崇的香草，否则它们怎么能相遇在端午呢？

近年来艾草一下子火了起来。病与非病，人们都买来艾草进行艾灸或食疗，理气、温经、祛湿、驱寒、护肝利胆、抗菌、抗病毒、抗过敏，功效直抵仙草。本来我一直就有品尝艾草的愿望，竟然有如此神奇的功效，又恰遇春夏之交最鲜嫩的艾草，怎能错失良机呢？我按照网上的方法，将其用清水洗净，切碎拌以面粉蒸熟，佐以葱花油、辣椒油、醋、酱油，味道甚是鲜美，再想到其神奇的功效，真担心自己第二天化得一身仙风道骨，难以和凡夫俗子为伍呢。如此美妙，你还不快去初夏的田野里采得一束艾草？香草只有美人配啊！

河套的黄土屋

下乡蹲点的村里要进行危旧房屋改造，决定保留一栋黄土屋留作纪念。这是一个明智之举。

对于河套人来说，黄土屋才是忘不掉的乡愁。还记得童年时盖房的情景：用当地独有的红胶泥、经石头碌子碾压瓷实后用铁锹裁成四四方方的土坷垃。工人就是义务帮忙的左邻右舍，有技术的砌墙，有体力的搬土坷垃、铲泥。最有意思的是夯基础，八个或十个甚至是十二个健壮的男劳力抬着巨大的石硪，一个嗓门嘹亮的喊号人唱着曲调雄壮、高亢明亮的号子，抬夯人"嗬嗬嗨呀"地齐声和着，协调一致地把石夯抬起，一下一下把地砸得山响。村里人都围过来观看这壮观的场面，特别是我们一帮孩子，嘴里情不自禁地跟着他们一起哼着号子，心里想着希望自己早一点儿成为喊号人或抬夯人。大家像给自己家干活一样不惜力气，并把这当成一件快乐的事情。主人把提前一年就开始积攒的细粮、油、肉全部招待了帮忙的乡亲。黄土屋就这样在纯朴的民风和暖暖的乡情中建造起来了。

由土坷垃砌起来的墙非常厚实，至少要抵现在砖墙的两倍，因此有冬暖夏凉的功能。特别是屋里的一盘大火炕，灵巧的河套母亲用米汤、豆油等把泥土炕面浆出明亮照人的光泽。在寒风吹彻的冬夜，厚实的土墙抵挡着严寒，火炕散发着幽幽的温暖；在酷暑肆虐的夏日，黄土屋为当午挥汗的主人奉献着一片凉爽。在艰难贫困的岁月，黄土屋是上天赐予河套人的生命依托。

　　我相信，但凡河套儿女都有黄土屋的情结，黄土屋在酷暑严寒中为我们放大了凉爽和温暖，在贫寒困苦中为我们放大了满足和幸福。虽然我们今天住进了高楼大厦，但心中永远有一座不倒的黄土屋。

失落在黄土院里的童年

　　我在微信上发了《河套的黄土屋》一文，有朋友看后要我把院落的景致再拍下来，让他回味一下美好的童年。小屋已人去屋空，院落也不完整，站在院里，只有满眼的沧桑和弥漫于心的寂寞。

　　黄土院里的童年也曾是那样的充满生机和活力，朝霞染红小院的时候，活跃起来的不仅是主人，小鸡、小猪、小狗们也不甘寂寞地在院里互相追逐、嬉戏、觅食。童年费力地睁开惺忪的睡眼，一到院子里马上精神抖擞，背起书包，推着滚环骚扰一圈鸡、猪、狗们，在它们厌恶的惊叫声中一溜烟飞奔向学校。

　　中午，假寐于大人旁边的童年，耳朵是竖着的，屋外小伙伴的暗号一响便悄悄溜下大炕，蹑手蹑脚地走出屋子，和小伙伴们一路飞奔，一个猛子扎入了满渠的黄河水里。

　　晚上的童年追着放映队在很远的村子里看露天电影，虽然电影就是那么几部，台词也都背会了，但是战争片依然回回让他亢奋不已，痛杀侵略者的情节依然会走入他的梦境。

　　在某一个早上，童年不经意地睁开眼睛，发现自己已是中年，远离他的不仅是黄土屋，还有失落在黄土院里带着欢声笑语的童年……

　　仅以此文献给六一儿童节，献给我们曾经拥有过的童年。

端午节的香包

又是一年端午节，现在的人除了吃粽子、凉糕，也没有什么其他的节日仪式。

记得小时候的端午节早晨，我一睁眼，院子里已打扫得干干净净，门上、窗户上已插上了艾草。据说端午这天的艾草是品质最好的，所以艾草是爸爸早早起来采集的。端午的第一缕阳光照到我家时，已是满门满窗的清香，充满了节日的气氛。待我们起床，早有一顶新鲜清凉的柳枝帽戴在我们的头上，我兴奋的以为自己是侦察兵，其实大人的用意是端午戴一下这种帽子，一年就会神清气爽不头疼。

最让我难忘的还是每到端午节，母亲就会找出鲜亮的五彩丝线和花布，为我们缝制香包。香包用艾绒填充得鼓鼓的，并用五彩丝线缀上流苏挂在胸前。香包的造型多样，款式漂亮，每个孩子的都是不一样的。同时，母亲还要用丝线编织五彩花绳戴在我们的手腕上和脚脖子上，这些都是为了起到驱邪避灾、保护孩子健康成长的作用。

不过，这么漂亮的东西我们并不是一年四季常戴，因为我们有一个更美好的愿望，从端午戴到六月六，我们就要把它们取下来扔到房顶上，等着喜鹊把它们衔到天上为牛郎、织女搭鹊桥。因此，从扔到房顶上的那天起，我常常爬到房上看，香包花绳们总是日复一日静静地躺在那里，心里很是失望。但用不了多久，贪玩的本性就转移了我的注意力，喜鹊什么时候衔走它们也就不得而知了。

　　到了七月七，总要下点儿雨，母亲说，这是牛郎、织女见面喜极而泣的泪水，我就知道我为他们的相会也是做出了贡献的。

红柳花开

下乡途中，路旁一株红柳开出满树的粉红色花穗，引得一个年轻人惊叹道："原来红柳开花也很漂亮啊！"

是的，红柳因没有杨树的挺拔、垂柳的婀娜而往往被人忽视，特别是现在讲究绿化美化的年代，就连通往乡村的县道、乡道都种植了金叶榆和垂柳，城里就更没有红柳的立足之地了。

其实，对于河套人来说，红柳也算是功臣呢。河套曾是一片肥沃的处女地，内地和西北地区因饥荒逃难上来的人刨开一片土地浇上黄河水就能长出苗壮的庄稼。而红柳耐旱耐盐碱，无人打理的荒地上就长成了红柳林。于是，烧红柳，吃白面馒头成为河套富庶的象征，吸引无数挣扎在饥饿线上的外地人纷纷投奔河套谋生，红柳也为河套人的生存奉献了自己的全部。

红柳的枝条柔韧而又坚实，河套人就地取材盖起的黄土屋就用红柳编成的笆子封顶。红柳还可编箩筐、做农具，甚至水利工程的闸口也离不开红柳。在艰难的岁月里，在岁月的点点滴滴里，红柳陪着河套人生存，陪着河套人繁衍。

自打我有记忆起，院里就有一棵红柳，遒劲屈曲的树干扩张向上，占据了小半个院子的空间。阳光被风中的树枝摇落成一地斑驳的明亮，麻雀穿梭在树枝间，与我的弹弓演绎着周而复始的游击游戏，一树花开，童年的梦幻就定格为永恒的记忆。

红柳花只有小米粒般大小，她们紧紧地簇拥在一起形成了花穗，无数个花穗又怒放出一树的粉红。红柳花开，诚实地开放着自己的渺小，却开出了旺盛的生命之火，虽然过上现代生活的河套人与她的距离越来越远，但她依然宠辱不惊，淡定地在偏僻的角落一米粒一米粒地竞相开放。

杨家河，一河乡愁流到今

中秋明月最相思

　　小时候日子清贫，改善生活只能是依靠过节。五月端午、七月十五、八月十五都是掰着手指盼，其中，最期盼的就是八月十五中秋节，因为中秋节的月饼胜过其他节日的美食。

　　我们这里的中秋月饼除烙的糖月饼，还有一种蒸的月饼，俗称大月饼。到了夏季植物繁盛的时候，母亲就开始为中秋蒸大月饼做准备了，主要是在大自然中采集色彩、采集芳香，用向日葵的花瓣、薄荷、香豆苗、胡麻籽等晾干或炒熟，捣成粉末就变成了散发着各种芳香的黄、绿、黑等食品颜料。一个大月饼至少要用十斤面粉，农村的大铁锅有多大，月饼就有多大。月饼由七八层面饼组成，由下到上逐渐缩小，每层洒上不同颜色的植物颜料，周边翻出五颜六色的花瓣，如同饱满盛开的巨型花朵。这种月饼是由发面做成的，不仅好看，而且好吃，既有发面的醇香，又有各种花草的芬芳，再泡在沙瓤西瓜里，简直香甜到醉。

　　最让人牵挂的还是到八月十五这天烙糖月饼。我看着母亲忙碌着各种工序终究还是没耐心等，跑出去找小朋友玩，以缓解馋虫挠心的难受。待到满村飘起油糖的烤香味，我忽然意识到我家的糖月饼也该熟了，便拔腿往回跑。

　　这时还不能大快朵颐，只能是尝尝，父亲还要把院子打扫干净，把桌子摆到院里，把整整的一个大月饼和若干糖月饼摆上桌，还要把最好的大西瓜一分为二，再切成锯齿形的花边，叫月牙瓜，一起摆到桌上献月亮。这是很有仪式感的，我只能眼馋地看着美食，不停地给大人报告月亮出来以及上升的动态。月亮仿佛也在捉弄我，慢悠悠地往上爬。终于等到他老人家爬到一定高度，我才被允许开吃……

今夜月明人尽望，不知秋思落谁家。母亲用铁锅烙的月饼有一种家常的自然香甜，吃再多胃里也很舒坦，现在的月饼外观精美，花样翻新，可是一样的甜腻实在让我无法消受。弟弟中秋翻出一张和侄子童年时的照片，配上了一句话："八月十五月儿圆，月饼没有原来的甜。"

杨家河，一河乡愁流到今

16

民勤寻根

一、我家在哪里

河套是一个移民地区，你问一个个河套人：你老家是哪里的？回答一定是陕西、甘肃、宁夏、山西、山东、河南、河北……这就是今天的河套人。

我的老家在甘肃民勤县，从小老家在我的意识里也就是这几个汉字。距今算来，父辈们离开老家已经八十多年，如果说间接的印象，就是明显有别于河套方言的民勤话。河套方言是以陕西、山西北部方言为基础的，因此，聚居于河套西部的民勤人因保留了家乡浓郁的方言而受到其他所谓的河套人的讥笑，我甚至因此而感到些许自卑。

第一次对民勤的关注是在二十世纪八十年代，父亲身患重病，常常念叨自己七八岁就离开的家乡，回忆着童年模糊的记忆，期盼着等康复后回去看一看。现在想来，他老人家的愿望是那样的强烈，然而，那个时候的民勤是那样的遥远，那个时候我们家的资金是那样的短缺，那个时候的我们是那样的麻木，父亲就这样带着无法弥补的遗憾永远离开了我们。

后来，出乎意料的是我所在的县去民勤考察学习教育，学回的经验就是再穷不能穷教育，再苦不能苦孩子。民勤相比于河套仍然贫穷许多，但是民勤县一中的教学质量远远超出我所在的县一中，每年都能培养出清华、北大等全国名校的学子。

再后来，我发现身边有很多民勤籍的同事，都是通过勤奋学习走上工作岗位，成长为领导干部的。大家虽然不是出生在民勤，但仿佛有某种基因在起作用，都通过各种渠道关注着民勤的今天和民勤的历史。

当我的兄弟姐妹有的已步入父亲当年的年龄时，父亲当年的愿望越来越强烈地在我们的身上复苏，把民勤变成了刻骨铭心的情节，于是我们决定，到陌生又熟悉的民勤去寻根。

二、向西、向西

这是一次说走就走的旅行，也许是积压在心底的愿望早已成熟，头天晚上，兄弟姐妹们聚在母亲处一商量，八兄妹中的五人第二天一大早就成行。

车子一路向西，穿过乌兰布和沙漠，沿着阴山脚下，在茫茫戈壁中一直向西、向西。我们努力地回忆先辈留下的信息，只知道老家在民勤的六坝新粮地，但是我在高德地图上怎么也查不到。另外一个信息就是我们有何家自己的寨子，我们有一本家谱。

民勤县距我们这里的路程约六七百千米，对于在饥馑中逃命的先辈们来说，这是一段艰苦漫长的冒险之路。少得可怜的干粮，因饥饿而虚弱的身躯，一家人不得不扶老携幼离开连树叶、树皮都吃光的家乡，进入沙漠，向传说中的河套艰难进发。他们穿沙漠、跨戈壁，要历时半个月左右才能进入河套。进入富庶的河套平原，就能生存下来，并能过上温饱的生活，遗憾的是很多人走不出沙漠的无人区，民勤通向河套的逃难之路也就成为一段悲惨之路。

曾经的漫长、艰难之路，今天全部变成了柏油路，驾车大半天的功夫就可到达。途中我们结识了一个从阿拉善左旗回民勤的当地车辆，车主人听说我们回老家寻根，非常热情地一路带着我们进入民勤境内。途经著名的青土湖，湖旁边有一座节水纪念碑，碑下不知是观景还是歇脚，停留的人车很多。我们向其中的人打听，才知道六坝是过去的老地名，现在叫东坝镇，于是，我们继续向西，向东坝镇进发。

三、哪里是我家

到了东坝镇，我们急切地向路人打问何家寨，路人给我们指了一个叫中岔村的地方。终于得到了一个更具体的地方，我们感觉马上就要见到有能防土匪的高墙大院的寨子和积淀着家族厚重历史的家谱，非常激动地直奔中岔村。到了中岔村，村人指着一个路过的十七八岁的男孩说，这个娃就姓何。我们叫住何姓男娃，提到何家寨，他却一脸茫然，问了他的名字，按家谱论应该是孙辈的。这时，又有人给我们指了一户人家，说有个八十多岁的何姓老人，听名字是我们的父辈。老人一家听说我们是寻根的同宗，甚是热情，让吃让喝，我们立马按长幼辈分相称。然而，细说起来，老人对我的先辈不熟悉，也不是寨子里的。不过，老人知道何家寨在附近的西沟村。

到了西沟村，原来这个村子几乎清一色何姓，问起何家寨，才知道有大寨子、小寨子、北寨子，另外还有庄子。我们一下子懵了。寨子和庄子的区别：寨子墙宽可过大马车，庄子墙宽一米，不同的寨子是同宗的分支，各有一本家谱。现在寨子里的人早已迁入规划的居民点，寨子也在二十世纪六七十年代被夷为平地，或重建居民点，或开垦为耕地。

正在我们茫然无措的时候，大哥记得有一个叫何立秀的同宗侄子小时候曾随家人在我们村里住过三年，后又返回民勤，现在大概年近七十。幸运的是我们顺利地打听到了，并且这个侄子就住在西沟村。见到何立秀，他肯定地说："你们是小寨子的。"因为小寨子的一个老者曾向他打听过我家的情况，并对我父亲五弟兄都很熟悉，遗憾的是这个老者去年睡着了（民勤的语言表达是很有文化含量的）。其实，这个老者和我们同辈，叫何承淼。原来，在老家我们承字辈的人也已不多，小寨子的家谱保管者就叫何承业。

晚上，我们来到了下地归来的何承业家里，我们了解到，这几年从新疆、内蒙古来寻根看家谱的人多了起来，可是小寨子的家谱在"文革"中已被付之一炬。他拿出新修的家谱，非常简单，小寨子以太爷辈另立家谱，为七房，下来有四个爷爷，但没有我爷爷的名字，是否有第五个爷爷，他们一

民勤寻根

无所知。叫来何承淼的儿子问，他也没有听父亲生前说过我的爷爷，他有个三爹在金昌，比他父亲小十几岁，更不可能知道，这个家族其余的人就更年轻了。家谱里没有我家的一丝影子，反倒是何承业越看越有我父亲和一个堂兄的影子，但我们的心里还是感到非常失望。听说大寨子的老家谱还在，不过保管家谱的人在武威。我们决定明天直奔武威，因为我的父辈以上在我们的家谱上是有记载的。

四、我家在这里

依然没有确切的结果，第二天我早早起来在西沟村细细地走走。不论我是哪个寨子的后代，西沟村（过去的新粮地）肯定是我的老家。村子是经过规划了的居民点，因此，南北向的街道两旁，一排排房屋整齐排列。民勤和河套比起来，缺水严重，人均耕地面积小，耕地产量低，生活较过去有了很大改观，但比河套还是有较大的差距。但是传统文化的保留要比河套好得多，房屋院落的建设还保留了过去寨子的风格，东西厢房和正房一样的高大，东厢房是待客的场所。用木雕装饰门头的街门（民勤话街读"gai"音，和许多南方方言相同，据说民勤人大部分是从南方戍边或贬谪而来的），掩映在街道两侧的枣树中。村外的田野作物和河套没有多大差别，但弥漫在晨曦中的气息是不一样的，我仿佛看到了我的先辈们在这片土地上的身影，他们离开后再也无法回归的痛楚在我心头涌起。

早点是民勤特有的发面馍，用毕后我们准备上车去武威寻找最后一线希望，这时，送行的何承业接到一个电话，是昨晚在一起的何承淼的儿子何立勋打来的。他昨晚回去后给他在金昌的三爹何承晶打了个电话询问，谁知何承晶竟然知道我的两个叔父在二十世纪五十年代末回老家搬我爷爷遗骨的事，并且一些细节也说得非常准确，还有他的二哥在"三年困难时期"在一个亲戚的带领下去投靠我家，结果半路没有走出来，这件事一直是我们两边的痛，谁知时隔五十多年我们才走到一起印证了这件事。现在我们终于准确地知道了我们是何家小寨子七房之后，何承晶、何承业我们弟兄之间的爷爷是亲兄弟。听说民勤县城还有一个八十多岁的老姐姐和小儿子居住，我们立马决定去拜访。一进门，老姐姐的儿子看着我大哥惊奇地说，是一家人没有错，和他逝去的大舅何承淼长得太像了，遂从手机里翻出照片让我们看。这时，老姐姐也回忆着，听大人说她的五奶和几个儿子去了北套（河套在民勤的东北方向，遂称北套）。更让人温暖的是，何承晶三哥和儿子不停地打来电话，让我们去金昌做客，我们决定还是在西沟村住一晚，正式和兄弟侄子们聚一聚，谁知何承晶三哥又带着妻子、儿子、儿媳、女儿不辞辛苦，于晚上九点从金昌赶了过来，我们大爷、三爷、五爷三门的后代谈民勤、讲河套，忆过去、论现在，一直到很晚很晚……

河套第一菜——猪肉烩酸菜

　　如果你问一个河套人，最爱吃的菜是什么，我想，大家会异口同声地回答：猪肉烩酸菜。也许，你会问这道菜是哪个菜系的，那我会很抱歉地告诉你，这只是一道不登大雅之堂的河套乡土菜。

　　做猪肉烩酸菜最拿手的，不是星级饭店的高级厨师，而是河套农村家家户户的家庭主妇。随着小雪、大雪节气的到来，杀猪的季节也就到来了。今日张家，明日李家，杀猪时必会请来全村的人和远方要好的亲戚朋友分享自家一年中第一顿猪肉烩酸菜，由于来的客人多，热闹程度和婚嫁事宴也差不了多少，因此人们也习惯性地将其称为"猪事宴"。女主人在杀猪的头一天就把自己腌制的金黄色的酸白菜洗净切好，屠家把猪褪洗干净后，首先把猪颈部的槽头肉割下来交给主妇，三四十斤的猪肉被利落干练的主妇切成大片，全部放在大铁锅里用大火烹炒，霎时农家猪肉的香味飘溢出来，待猪肉烹制好后再放入酸菜、土豆，加水慢火炖煮，直至肉烂菜绵，一股猪肉和酸菜汇合成的独特香味就在全村蔓延开来，醇香入脑入髓，那是任何一种味道都代替不了的。

　　猪肉烩酸菜的制作工序貌似简单，但各家有各家的味道，白菜腌制的酸咸程度、猪饲养的时间长短，特别是农家妇女在不经意间养成的做饭手法，形成了各自独特的风味，这不是烹调理论能够说得清的，如果你有口福那就来慢慢品味吧。

猪肉烩酸菜这种大大咧咧一锅烩的做法也许是迫于当初移民简陋的生活条件吧。腌制酸菜也是为了适应当时无法保存鲜菜的自然条件。然而两者却成就了一道河套人独特的美味佳肴，农家猪肉的香味浸润了酸菜的全部，酸菜的酸爽化解了猪肉的油腻，这种自然醇厚的味道不是哪个专业人士能刻意制作出来的。一大盘金黄油亮喷香的猪肉烩酸菜没有考究的雕饰，也上不了国宴的台面，但出门在外的河套人，即使吃了山珍海味，只要几天不吃猪肉烩酸菜，总感觉胃里缺少点儿什么。久别家乡的游子更是梦里心里惦记着这道菜。别看这是道不起眼的菜，它让河套人记住了乡愁呢。

村灶子

　　小时候河套农村家家户户都要在院子里盘一个泥土灶，周边立四根木头椽子做柱子，顶上绑成框架，搭上红柳笆子遮阳，河套人的村灶子就算完工了。

　　到了炎热的夏天，人们就从家里把炊具搬出来在这里做饭，饭熟了直接在旁边把炕桌一摆，一家人围坐在一起就开饭了。村灶子四面通风，顶上遮阳，甚是凉爽，烈日下劳作的人们回到家里，在这样的环境下享受醇香的农家饭真是一件惬意的事情。

　　我心中最接近大自然的意象就是村灶子，从村灶子抬眼望去就是家门前的水渠，跨过水渠就是菜地，每每母亲做饭时，忽然想起需要香菜或是柿子、黄瓜，我就是一溜烟的事，耽误不了做饭的程序。

　　想起村灶子，仿佛一下子就闻到了柴草燃烧的香味，随着家家户户炊烟升起，各种来自田野的芳香也就扑鼻而来，煮玉米、煮豆角的清香沁人心脾，腌猪肉、胡麻油的浓郁更是让人垂涎欲滴，最难忘的还是母亲的炒茄子，那时候的土种茄子个头不大，到了秋天就发苦，可是在夏天是特别好吃的。母亲用胡麻油把茄子炒的绵软油亮，虽是素菜却觉得比肉还香。如果用腌猪肉把茄子和豆角烩在一起，那更是美妙无比。现在的茄子经过品种改良，个头变大了，秋天也不苦了，可是，我经过无数次的尝试，从未做出当年母亲做的味道。现在我们随处可以看到饭店在打农家牌，标榜什么铁锅柴火灶或是妈妈的味道，可是，村灶子飘出的妈妈的味道是轻易能复原的吗？村灶子和在村灶子旁忙碌的母亲的身影如飘散在天边的炊烟，离我们越来越远了。

大铁锅里煮出的年味

很大程度上说，乡愁是味蕾上的记忆。现在街上的饭店往往要打农家铁锅菜的招牌，目的就是唤起人们故乡积淀在味蕾上的记忆，以迎合大众的口味换得生意的红火。但正如有句话所说：回不去的叫故乡。城里的铁锅永远复原不了农村家里的那口大铁锅。

记忆中的故乡，家家户户都是十来口人的大家庭，每家都在炕头盘一个大土灶，灶上坐一口大铁锅。铁锅大的程度别说是在城里，就是现在的农村也看不到，也许在军营或是学校的食堂才有吧。那时，这种大铁锅的规格有个俗称的单位"梢"，现在想来应该是"烧"吧，许是随了晋商的口音把"烧"念作了"梢"。一般的户家用的是七烧锅，小孩子蹲在灶台上也许勉强能够得着锅底。

大铁锅在为温饱忙碌的年代煮过荤煮过素，煮过酸甜煮过苦辣，伴着一大家人度过清贫却温馨的一年又一年。特别是过年的时候，大铁锅更显示了她的包容与奉献。临近年关，母亲就开始用大铁锅蒸一锅又一锅的馍，这馍一是蒸的数量多，二是蒸的花色多，有西部的发面，有东部的起面，有大白馒头，有各色卷了香料的花馍，特别是有一种叫扯皮的大馍，整个锅里只能放两个大面剂，蒸很长时间出锅，再把一层光滑的表皮扯去，露出蜂窝状的主体，显得又暄又白，然后在上面点上红点，馋人且喜庆。一个扯皮一家人一顿吃不完你信不信？蒸完还要炸：油饼、油果、茶食、馓子、糕、酥鸡、丸子、扒肉条……一直忙到大年二十九，期间还要生一大瓮豆芽。

到年三十，用这大铁锅妥妥地炖一颗猪头，是象征来年福气满满的年夜饭，这时，母亲要用胡麻油炸葱花调一大盆豆芽，年就开始了。那时候北方还没有反季蔬菜，豆芽就是压桌主菜，大年初一拜年，家家都有一盘母亲生的豆芽菜，风味各有不同，豆瓣的醇香、豆芽的清脆、胡油葱花的浓香却成为游子走到天涯海角也找不到的一种记忆。这时忙了一年顾不上见面的七大姑八大姨也互相拜年，即使来再多的人母亲也不会慌乱。大铁锅里烩一锅猪肉酸菜，上面放一个笼屉，年前准备好冷冻起来的各式馍、糕、酥鸡、丸子、扒肉条等放在屉上，菜烩好的同时，这些美味也呵的酥软暄腾，再多的人都够吃，每一个人都吃得舒爽，吃出一种过年的愉悦。

如今老听人们感叹找不到年味，体会不到当初过年的感觉。这种感觉其实就是一种愉悦，人的愉悦感不是由物质得到的多少决定，而是由体内的生化反映所决定的，在这物质极大丰富的年代，坐豪车、赴豪宴也许没有什么感觉，大铁锅煮出的年味却时常萦绕在脑际，唤醒早已迟钝的味蕾，愉悦感莫名地从心底升起。

家里不会再有大铁锅，大铁锅旁忙碌的身影只期盼常出现在梦中，大铁锅里煮出的年味只能是遥远的回忆。

乡愁是一锅醇香的猪肉烩酸菜

在寒冷的大雪季收到一份温暖的请帖——磴口县第二届民俗文化旅游节暨2018年冬季旅游月活动开幕式，虽然文化节的形式丰富多彩，但主题还是河套的年猪宴。

童年的时候是想不到年猪宴会成为文化节的，就感觉那是我们平凡生活的一部分。正月里养一头可爱的小猪，精心哺育，第二年春暖花开的时候，河套所有的孩子有一个共同的营生就是给猪挖苦菜，贪玩儿的我们捞鱼、耍水、做游戏，到回家吃午饭的时候总是挖不满一箩筐苦菜，圈里的小猪夸张地把饥饿喊到高八度，撺掇着大人狠狠地训斥我们，我们耷拉着眼皮，恨不得把小猪的嘴紧紧地扎起来。就这样我们不情愿地为小猪提供营养，小猪不满意地提出抗议，磕磕绊绊地度过整个夏天。

到了秋天，煮猪菜又成了我们挠头的事情，这活儿占据了我们大部分玩耍的时间，每天下午放学回来，一大锅蔓菁从清洗到煮熟也就到了晚上，就这样日复一日地拉风箱煮猪菜，感觉没有出头之日。小猪却在不知不觉中长得又肥又大。进入小雪、大雪季，村里家家户户就陆续开始杀猪了，猪肉烩酸菜的醇香飘逸在村子的角角落落，让整个村子充满了幸福的满足感。

要说河套的猪肉烩酸菜，做得最好的不是五星级酒店的大厨，而是河套母亲用大铁锅烩的杀猪菜。从秋收的时候，她们就开始腌制大白菜，经过近两个月的乳酸菌发酵，腌好的白菜焕发出黄澄澄的颜色，杀猪季也就开始了。身强力壮的汉子们把褪了毛的猪吊起来，先割下槽头肉交给女主人及早入锅烩菜，剩余的才开始慢慢地收拾。女主人把猪肉切成肥厚的大片，在大铁锅里炒至有了黄黄的火色，下入葱、姜、蒜和大料，用酱油一烹，立马香气四溢，只有这夹年猪肉的味道才让你见识到什么是真正的肉香。接着就是加水、加酸菜、加土豆，然后细火慢煨，直至菜绵肉烂土豆沙，一锅醇香的猪肉烩酸菜就出锅了。这一锅烩菜足够三五十人吃，独特的风味用小锅是做不出来的：吃一口酸菜满含猪肉的浓香，入口即化的猪肉又因酸菜的浸润变得肥而不腻，回味无穷。此刻最高兴的是孩子们，再不用煮猪菜，还每天能吃到猪肉烩酸菜。从此刻起，河套人就进入了一年中最舒服的时段，没有农活，有的只是猪肉烩酸菜。于是，每一个河套人都有了一个共同的味蕾记忆。

　　民俗文化节要持续一个月，河套的游子们抽空回来吧，知道你们有乡愁，乡愁就是妈妈烩就的一锅醇香的猪肉烩酸菜。

盼着过的才是年

民间演绎李自成推翻明王朝入京后，问跟随自己出生入死的功臣们最想过什么样的生活。大家一致说人间最美的事当然是过年了。既得天下，就要坐享其成，于是大家天天过年，很快把到手的江山过没了。这里不探讨李闯王的成败得失，只说年在人们的心中是多么期盼的一件美好的事啊。时代发展到今天，平时的日子过得和年也真没什么两样了，没有缺失感的人们不仅不盼着过年，反而觉得年来得太快了，感觉刚过完年，一转身吓你一跳，又一个年到来了，除了感到又失落一岁的年华，再没有什么幸福感。于是，对我们儿时盼着过年的那种对生活鲜活纯真的渴望，又多了几分怀念。

一、盼着过年之新衣

在买布要用布票的年代，钞票似乎比布票更紧缺，所以一般是一身衣服要穿一年，冬天套在棉衣上，天热了剥下来就是单衣，穿新衣只能等到过年的时候了。

为了让我们穿新衣，最难的就是父亲和母亲了。昏暗的煤油灯下，捉襟见肘的经济状况怎么计划也不能让七八个孩子都穿上新衣。我提心吊胆地紧跟着他们的计划思路，一旦听到有不给我买新衣服的话头，立马发出强烈的抗议，也许是我捍卫自己利益的态度最鲜明，抑或是父母对我的偏爱，每年我总是能穿上新衣服。那时的我不知道父亲的难处，我只认为父亲总是有办法的。

其实我争取的新衣只是局限于外套，至于棉衣一般就是拆洗翻新一下，短了往长接一截，破了打个补丁。赶上一年棉衣实在是没法拆洗了，才会做新的，这一年我会高兴得嘴都合不拢——里外新啊，几年才能遇一次。

那时候的年是孩子们盼出来的，也是大人忙出来的。比如决定了给我做的新衣服也不是立马就能做出来，一进入腊月，先开始忙着拆洗被褥，被褥没有护里，更谈不上被套，多年的棉花颜色发黑，紧紧地"锈"在一起，必须彻底拆开来洗了里和面，把棉花一点儿一点儿撕开，让它们变得松软。所以很长一段时间炕上堆满了棉花，家里成了棉花加工车间。拆洗完被褥还要拆洗棉衣，虽然没钱买新的，但通过母亲一针一线的缝补浆洗，旧棉衣又散发出清新温暖的气息。这还不说更早的时候就开始做的每人一双的手工鞋。临近年关才顾得上做新衣，除夕那一天，我总是能高高兴兴地穿上新衣，拿着鞭炮撒腿去找小伙伴们玩儿。

回家过年的儿子没有买新衣服，面对我们的质问不解地说："衣柜里都是新衣服，为什么要在过年的时候买？"在没有了购买压力也没有了烦琐的手工活的今天，过一个年还感觉很累，试想当年父母是用多么大的爱为我们奉献一个欢快、温暖的年啊！

二、盼着过年之美食

过了腊月二十三小年，家里就开始忙着生豆芽、蒸煮炖炸，准备过年的食品。不管平时的日子过得多么节俭，过年一定要大方。单说豆芽，每家都要生满满的一小水缸。那时河套没有新鲜蔬菜，整个春节，豆芽就是压桌的蔬菜。除夕夜母亲用胡麻油炝葱花调制满满一盆豆芽，清脆醇香，永远吃不够，成为过年永远的记忆。小麦是河套的主产粮食，过年的时候往往要用一天的时间蒸出大量的馒头和各种花馍，足够享用一个春节，同时还要炸油饼、麻花、油果、馓子、茶食等各种面食。过年的吃食，最有代表性的就是酥鸡、丸子、红烧肉，种类一样，但各家有各家的风味，是待客人必备的菜肴，也最希望听到客人由衷的赞赏。所有这些都要放在粮房里自然冷冻保鲜，但凡河套馋嘴的孩子都啃过这些冻得硬邦邦的美食。

过年期间，家里的客人不断，有时远路的亲戚成群结队来拜年，大铁锅就显示了威力：烩一锅猪肉酸菜，上面架上笼屉，呵上各种面食和酥鸡、丸子、扒肉条等，不管多少人，一锅就解决问题，一定会让客人酒足饭饱。这时节，客人来得越多，好客的父亲就越感到荣耀，客人吃得越多，热情的母亲越是觉得这是对她厨艺的肯定。小小的黄土屋充满了融融的亲情，一口大铁锅煮出了浓浓的年味。一年一年，我们盼着这浸润着年味的美食，一年一年，我们回味着这浸润着年味的美食，一年一年我们怀念着这无法还原的浸润着年味的美食。

冬之殇

  一夜之间，丰腴的秋天就变成了萧瑟的冬天，昨天还是无比亲近、温暖的太阳变得如此遥远、如此冷漠。

  公园里，那满树的金黄、火红消失的那样突兀，路旁的杨树赤裸着精瘦的枝条在寒风中瑟瑟发抖，灰色的天空下，曾经的生机、美丽、安逸只能是悲伤的回忆。

  广袤的田野，那累累的瓜果、那辉煌的向日葵花海、那沉甸甸的玉米、高粱，那满世界的五彩缤纷，梦醒时分只留单调的土黄和空旷的凄寂。

  走过了夏，流过了秋，慈祥的黄河在暖阳下蒸腾起温润的水气，河水的清甜和黄土的馨香汇成母亲的气息滋润着她的儿女。然而，今冬的寒流来得急促，今冬的寒流分外冷酷，黄河奋力地冲击终是敌不过寒冷的沉重，大块大块的流凌拖住了她生命的脚步，沉睡是那样的令人无奈。

  阴山沉默了，他巍峨的体魄没有挡住肆虐的寒风，眼看着怀抱里的一片生机遭受浩劫，他只有沉默。

  冬天里没有温暖的童话，最后一队天鹅飞离了湖面，天鹅湖只留下一个空名，天鹅留恋的长鸣回荡在空中，冰冷的湖水荡起层层涟漪。湖中的芦苇由翠绿变成了金黄，但依然在北风中眺望南方，带着深深的思念痴痴地守望。

老 猫

　　童年的时候，家里就有一只和我同岁的狸猫，在物质严重缺乏的年代，人们没有太多的闲情逸致把动物当作宠物，再起一个洋气十足的名字。我有记忆的时候她就叫老猫，因为她已经有了一个女儿——顾名思义就是小猫了。

　　据说老猫原本是被人遗弃的小猫崽，父亲看到她奄奄一息地在路口哀鸣，动了怜悯之心，抱了回来。人的温饱都是问题，又平添一只脏兮兮的猫，她的到来是不受家里人欢迎的。许是知道自己的多余，老猫从小就非常懂事、勤奋，从不偷吃家里的东西，每到夜晚就出去抓老鼠，黎明的时候才收工，因此，我家里是没有鼠害的，老猫也很快赢得了家人的喜爱。很庆幸当初对她的收留，她不是一般的猫呢。

　　老猫伴我度过了整个童年，为我的童年带来了刻骨铭心的欢乐、温暖和柔软。每天早上睁开惺忪的睡眼时，忙碌了一晚上的老猫也回来了，我把被子留一个小洞，老猫默契地钻进来，轻轻依偎着我，不一会儿就打起了呼噜。我小心地呵护着她，带着满满的爱心。平时，老猫就是我招之即来的玩伴，打扰了她的呼呼大睡她也很顺从，有时甚至用舔我的脸来表达她对我的关爱。

　　有一年，我家养的猪都得病死了，寒冷的冬天没有一点儿肉。半夜听到老猫在门外不停地叫，父亲感觉不对劲，出去看到老猫不知从哪里叼来一个猪肚子，平时自律规矩的老猫大概是再也不忍心看到我们的窘困了吧。

老猫的勤快惯坏了她的女儿小猫，她经常捉回老鼠喂小猫，所以小猫已经长成大猫了，也不怎么勤奋地捉老鼠，我们对老猫的勤奋和小猫的懒惰很是打抱不平，可是老猫和小猫依然故我，看来智慧的老猫也难以克服溺爱子女的弱点。

我直到现在都很害怕老鼠，一个大老爷们儿在无准备的情况下突然看到老鼠甚至会失态，追根溯源大概就是老猫把我身边的老鼠都捉完了，才使我对老鼠如此陌生恐惧吧。

我十四岁的那一年，老猫忽然间消失了，我四处寻找，不见踪影。父亲说，老猫一定是寿命到了，不愿打扰家人，自己找一个安静的地方和我们永别。

老猫走后，村里实行了包产到户，家家户户粮食满仓，秸秆成垛，老鼠一下子泛滥起来，急功近利的人们用鼠药治鼠害，结果猫被治死了，活下来的老鼠却不再吃鼠药，老鼠依然泛滥。后来的猫成了宠物，整日锦衣玉食，见了老鼠反倒害怕起来。老猫离开了我们，在我心里，世上也再没有了真正的猫。

悠悠晋剧情

　　工作中巧遇市文体局带着歌舞剧院文化扶贫，为当地农民演出了一台精彩的文艺节目，有民族的、现代的歌舞和器乐演奏，还有地方戏二人台，唯独没有曾盛行于河套大地的晋剧。中午和他们一起吃工作餐，得知文体局副局长姜兰女士竟然是晋剧名角，是全市屈指可数的国家一级演员，于是在大家的强烈要求下，姜女士一展歌喉，那高亢悠扬的行腔一下子把大家带回过去温暖的回忆中。

　　河套人大部分是从山西"走西口"而来，所以晋剧也就成为当地流行的主要地方戏剧种，我结识晋剧是在"文革"后，农村恢复了交流会，晋剧团也恢复了古装戏，河套农村夏收过后有了一点儿闲暇时间，农民出售了小麦也有了零花钱，公社便举办物资交流会，请来晋剧团连唱七天大戏，一是丰富群众的文化生活，二是为农副产品的销售搭建平台。

　　那时乡人把当地流行的二人台称为小戏，把晋剧称为大戏，大型的交流会一般是要大戏来撑场的。交流会日子一定，人们就像过节一样纷纷"搬闺女叫女婿"，把外地的亲人邀请回来，甚至是赶着驴吉普亲自把人接回来赶交流。会场是一片开阔的场地，有一个固定的戏台，临时用白布围起来就成了戏园子。场地铺上了新打的麦草，在阳光的照射下发出金黄色缎子一样的光泽，坐在上面非常柔软舒适。我看晋剧能听懂的唱词没几句，好在有母亲的启蒙，《打金枝》《六月雪》《算粮登殿》等能知道个故事梗概，连蒙带猜地才算看个大致，就这样也曾追剧看过整本的《狸猫换太子》。最让我开眼的是古装戏的服饰，龙袍玉带、凤冠霞帔，还有英俊的武靠，那种华贵靓丽，真不知是怎么做成的。可是母亲对刚恢复的晋剧团还是颇有微词，说比起剧团的前身红星晋剧团还是差了很多，并如数家珍地说起了过去的名角，如舍命红、六龄童等嗓子如何的好、服装如何的漂亮，现在偶有登台的也已年老气衰，年轻的又功力不够。我就只能想象一下曾经名角云集的晋剧团是何等的辉煌。

交流会更吸引我的是戏园周围的市场，麻花、麻叶、汽水等，我要用大人给我的有限的经费有计划地每天品尝一种，那种好心情和戏台上高音喇叭或婉转或高亢的晋剧旋律相伴随，成为心底永恒的符号。交流会期间，戏园的高音喇叭全天都在播放晋剧，那悠扬的旋律萦绕在田间地头、村村落落，引得男女老少赶紧地吃一口饭，喂了猪狗牛羊就往会场跑，那种旋律伴着的是农人最惬意的日子。

交流会不知从何时起已和我们渐行渐远，忽然听到姜女士演唱的久违的晋剧，一下子引起了在座的人的共鸣，情不自禁地说起了各自的交流会。已离开舞台步入仕途的姜女士说："其实，站在舞台上是一种享受。"遗憾的是晋剧后继无人，曾经的晋剧团现在已经搭不起台了。晋剧难道只能和那个温暖的时代一样成为远去的回忆吗？

寒冬里的毛袜子

今年的冬天很反常，仿佛再现了童年的冬天：连续三天的飞雪终于让冬天穿上了白茫茫的外套，已经进入四九，预告明早要迎来入冬以来的最低温度：零下二十五摄氏度。童年的冬天来了，忽然有一种急迫的心情想跑回童年，在衣物堆里翻出一双毛袜子穿上。

毛袜子是一个很有年代感的产物了，估计对于80后就已经很陌生了。这种毛袜子是用羊毛手工捻成线再手工织出来的，线很粗，织成的袜子很厚，是当时应对严寒的必备利器。织毛袜首要的是要把一团团的羊毛捻成线。先把线头缠在小木轴上，一头让小木轴快速旋转，一头把羊毛均匀地续上，旋转的小木轴就会把续出的羊毛拧成毛线。这时我就闪亮登场了，为了提高效率，大人负责续羊毛，我负责旋转小木轴，并用两手交替地托线，随着毛线的延长不停地向后退，一会儿就捻出长到家里盛不下的一段线，大人负责将线在小木轴上绕起来，我再继续一边旋转小木轴一边捻着线向后退。那时和我合作得最好的是二哥，他不停地夸赞我，我就屁颠屁颠地干得很欢，真以为自己很有技术。

也许那是一个自给自足成分比较大的年代，家里的针线活太多，也许是男人手劲大，能驾驭了羊毛线，反正织羊毛袜的活主要还是大老爷们的事，特别是像我们这些小孩子的毛袜子，肯定是父亲或哥哥织的。纯粹的羊毛白，针脚很紧很结实，穿多久都不变形，经得起我们上蹿下跳地折腾。大一点儿的姐姐们袜子是要自己织的。她们要用一些彩色的毛线和本色的羊毛线拼织出彩条。这就是那个年代的色彩了。

　　毛袜子很暖和，有时在屋里热得脚出汗，到了外面汗湿的脚底就比较受罪了，但在那个年代，这已经是我们尽最大努力编织出的温暖生活了。

最美的花开在你的身边

　　身边的事总是和平凡画了等号，比如父母嘘寒问暖万般的关爱，我们往往当作了耳旁风甚至是烦人的唠叨；身边的景即使是姹紫嫣红，你也会见怪不怪，所以才有了熟视无睹。曾经去洛阳看过牡丹，去青海赏过油菜花，甚至到广州一睹红木棉的风采，唯独冷落了开在故乡大地上的向日葵。

　　从小向日葵在我的心目中与其说是一种花倒不如说是一种庄稼。它的籽是榨油的主要原料，也是深受人们喜爱的零食，秸秆可以做板材的填充物，花盘可以当饲料，花瓣可以做食品的色素兼香料。葵花耐盐碱，有顽强的生命力，河套大地的房前屋后、田头堰畔都可以生长，特别是在追求高产高效的今天，被作为主要的经济作物得到大面积种植。

　　记得是在20世纪70年代中后期，虽然还是提倡以粮为纲，但政策稍显宽松，当别人家的自留地依然是以种粮食为主，只是在堰畔点种一些向日葵的时候，父亲已在自留地里成片地种了向日葵。秋天收获后，每当晚上公社放电影的时候，父亲就把炒熟的葵花籽背到露天电影场，就着昏暗的煤油灯光，蹲在地下用小茶杯五分一毛地量着卖。那时，做小买卖在社会观念中总是被赋予投机倒把的色彩，感觉是一件不光彩的事情，所以，即使看到父亲在寒冷的冬夜忙碌的身影，我也躲得远远的，不过去给他帮忙，怕遇到同学。倒是比我大不了几岁的四姐心疼父亲的辛劳，陪在旁边，连电影都不看。

然而，父亲的内心是喜悦的，卖完葵花籽回来整理着大大小小的零钱，想到我们的书本和家里的油盐酱醋有了着落，一晚上的辛苦算得了什么呢？就这样，我家的自留地几乎全部种了向日葵，一小杯一小杯的葵花籽换回的零钱使我们窘迫的日子得到了缓解。

第一次提及葵花的美是在上初中时的一次作文竞赛，好像是要求描写家乡美好之类的题目。我苦思冥想想不出家乡到底哪里美，可时间不等人，仓促中决定就写葵花吧。写着写着，眼前出现了一片金色的海洋，总算在规定的时间完成了一篇文章。虽然也获了奖，但我对葵花的感受还是表象的，没有发自内心的倾诉，更多的是囿于《白杨礼赞》《荔枝蜜》的叙述模式。

也许是人生经历岁月的淘洗才能有些许积淀，正如白岩松所说，故乡是年少时天天想离开，长大后天天想回去的地方。走过半生，经历世事纷扰，回过头来才发现家乡的一草一木从你心底牵挂着一份情愫，当你从持久的麻木中终于关注到开在身边的葵花时，她的美早已惊艳了别人的目光。县里为了开发旅游景点，在黄河河滩打造了万亩葵花园，在盛花期，在旭日初升的早晨，在可以把葵花沉在心底品评个中滋味的人生季节来和葵花对话。

每一朵葵花就是一张笑脸，每一张笑脸都蕴涵着不一样的表情，每个表情都有一段不一样的故事，她们虽然那样明艳，但没有一丝浮躁和张扬，仿佛经历过无数的沧桑沉浮后，一切归于平淡，笑看世间一切。

我默默地面对着一片金色的海洋，每一朵浪花都像熟悉的老朋友，在心底荡起幽幽的涟漪，我们都懂彼此的故事，不论是困难时期的庄稼，还是今天美丽的花朵，都是我们永久的珍藏。

乡恋篇

阴山的神秘

一、参不透的阿贵庙

建在山里的庙很多，但是这座庙建在大山深处的洞穴里。山外是一望无际的大漠，山的外表也平淡无奇，然而，沿着山沟蜿蜒深入，走着走着，仿佛把你抛入了另一个世界：山峰一下子变得俊俏挺拔，如威武雄壮的卫队护卫着一片开阔地带，苍松翠柏如大师的杰作点缀在山崖上，清爽纯净的空气让你因暑热而烦躁的心绪一下子平静下来。向着蓝天白云的方向拾阶而上，就可抵达莲花洞，洞里供奉着曾在此传教降妖的莲花生大师。这里就是磴口县唯一的藏传佛教的红教场所阿贵庙。阿贵是蒙古语洞穴的意思。阿贵庙的每一步、每一处都蕴含着神奇的故事，有限的篇幅讲不完，更讲不透，需要你慢慢地来参悟。而我参不透的是在这不显山不露水不张扬、远离尘世的地方，在鼎盛时期各类殿宇竟然达到九百八十一间，喇嘛住所千余间，就连清政府也给予了高度关注，理藩院赐满、蒙古、藏、汉四种文字的匾额"宗乘寺"，可见香火之旺盛。阿贵庙的旁边，常年流淌着一股清澈的泉水，当地牧民称作神水。有人化验后证明确属顶级的矿泉水，有商人摩拳擦掌、大张旗鼓地要把它做大，但最终都不了了之，神泉水依然静静地流淌着，仿佛在叙述着阿贵庙永远讲不完的故事。

二、读不懂的阴山岩画

阴山岩画就是一部镌刻在大山上的游牧民族的史诗巨著，从旧石器时代一直至明清时期，先民用石头和金属器具敲凿磨刻，持续不断地书写而成。然而，千百年来，这部奇书被默默地书写、默默地隐藏于大山深处。北魏时期，郦道元发现并记载于《水经注》中，但从地理学家的眼光看，也就是"自然有文""灿然成著"的"画石山"，于是，阴山岩画在历史的长河中如彗星一闪而过，又归于沉寂。这一沉寂就是一千四五百年，直到二十世纪六十年代一位叫盖山林的年轻人与阴山岩画结缘，直至自己青葱的脸庞也变成了一幅沧桑的岩画，才揭开了她神秘的面纱，让她在世界文化宝库中放射出瑰丽的光彩。

走入岩画群，就要经历一场灵魂与历史的对话。各种动物、图腾以及人类的舞蹈、射猎、战争等数以万计的图画内容和表现手法的丰富、生动、纯朴、自然、恣意夸张，形成了悠远丰厚的历史叙述方式，冲击着你的眼球，震撼着你的灵魂，任何一个技巧高超的画家都无法再现如此崇高的境界。

少不更事的我曾在这座山下工作过几年，那时我对岩画一无所知。现在我问起当年的牧民朋友为什么不给我介绍岩画，他说："我们祖祖辈辈在这里生活，对她太熟悉了，没感到有什么奇特啊。"倏地，我眼前浮现着一幅幅熟悉的画面：沉默的老阿爸、熬奶茶的老阿妈、骑马飞奔的巴特尔、唱着牧歌的琪琪格，她们就是阴山岩画的延续和活化啊。想读懂阴山岩画，还是先走入他们的生活吧。

讲阴山岩画的故事，羞于自己的底蕴浅薄，但又按捺不住对她的崇拜和敬仰，想接受她的洗礼，最好还是你亲自走入这座宝库吧。

三、忆不完的鸡鹿塞

在磴口县沙金苏木哈日戈那山口西侧，以峭壁为东墙基，一座正方形的石头城耸立在山顶。从坚固的城墙到瓮城、角楼的结构特点以及扼守谷口的重要位置，足以看出其当年雄震一方的军事作用，这就是鸡鹿塞。

说忆不完是因为鸡鹿塞有两千多年的故事长度，却没有如此长寿的叙述者；说忆不完是因为它像一个严厉的裁判：匈奴在漠北，汉人河南地，不许打架，好好过日子；说忆不完是因为那个呼韩邪单于从它旁边进进出出，从汉朝带回了衣帛美食，还带回了大美女王昭君；说忆不完是因为《汉书》《水经注》等历史古籍及从古至今许多文人学士都提到过它的名字，讲述着它的故事；说忆不完是因为它旁边还有个屠申泽，那是庄子笔下的北冥啊；说忆不完是因为它年轻时如一英俊的大帅哥，满山郁郁葱葱的美丽簇拥着它，黄河也依恋在它的脚下日夜为它唱着赞歌。

今天的鸡鹿塞虽人去城空，但高低不平的石墙如意志坚定的战士默默地坚守在这里，两千年的沧桑、两千年的积淀使它更显深沉。朋友，抛开都市的喧嚣，撇下浮躁的心情，独自一人登上千年古城墙，背靠巍峨的阴山，面对辽阔的原野，前不见古人，后不见来者，在悠悠天地之间，为自己疲惫的内心寻找一片憩息的空间吧。

四、道不明的洪羊洞

阴山如既熟悉又陌生的朋友伴着我的童年，说熟悉是因为自懂事起就看到她一脉黛色横亘在家乡的北面，起伏嶙峋的身姿早已烂熟于心。说陌生是因为虽相距百十来千米，却觉得永远没有接近她的机会。那时候的天空是那样的纯净，特别是雨后的早晨，遥远的阴山显得那样清晰，千姿百态的山峰如桌旁讲故事的老人，如可爱的猴，如温柔的羊，如种种想象中的神秘，诱惑着我童年的心。有一天我质疑山上为什么没有树。母亲说，阴山过去有茂密的森林，杨令公战死后焦赞孟良藏尸于阴山洪洋洞，搬救兵回来后由于森林茂密找不到洪洋洞，情急之下一把火把阴山烧成光秃秃的了。

接近阴山始于参加工作，我工作的哈腾套海苏木管辖范围内就有阴山，更巧的是洪洋洞就在这段阴山之中。那是一个高的不能再高的山顶上的一个洞穴。阴山的表面确实像大火烧过的颜色，而洪洋洞里却是满眼圣洁的红色，仿佛杨令公的忠魂还在。

一天，我发现京剧也有一出《洪洋洞》，内容竟与这里的洪洋洞出奇地吻合。如提到的两狼山，洪洋洞所在的阴山也叫二狼山，又如唱词中"父尸骸在北国洪洋洞，望乡台第三层那才是真"，所言位置、内部结构也很吻合。这时孤陋寡闻的我蒙了，阴山里的洪洋洞就是一个原始本真的存在，是别人在不约而同地讲述着她的故事，还是她在默默地讲述着一段亘古不变的历史？

阴山，我今天更觉得你藏着满山神秘的故事呢。

黄河失落的明珠——纳林湖

　　从内蒙古磴口县的县城巴彦高勒镇出发，向西便进入浩瀚的乌兰布和沙漠。极目远眺，海海漫漫的沙丘连绵起伏，一眼望不到边，当你以为当下的世界就是除了沙漠还是沙漠的时候，车子行进约四十千米向北一拐，竟然有一片海子，不要以为这是海市蜃楼，而是纳林湖到了。

　　纳林湖是集沙、水、鸟、鱼、芦苇于一体的天然湖泊，古代黄河随着地质运动的变化由北向南缓慢移动，恋恋不舍地留下了纳林湖，滋润着沙漠，养育着牧民和他们的牛羊，纳林湖就是黄河失落在大漠里的一颗明珠。

　　走近纳林湖，迎接你的是巨幅的沙雕——捧着洁白哈达的蒙古族少女。沙雕艺术家用当地得天独厚的优质细沙创作了内蒙古最大的沙雕群，一组组高达五至七米的沙雕用栩栩如生的形象讲述着过往的历史，冲击着你的眼球，震撼着你的灵魂。

　　我们是乘着画舫进入纳林湖的，这时你会发现纳林湖就是一个多维的大舞台。绿森森的芦苇丛密实的像厚重的幕布，当画舫蜿蜒穿过这层幕布后，眼前一下子变得目不暇接。随着画舫的前行，亭亭玉立的芦苇如舞台上踏着碎步的少女不停地变换着阵容，组成一幅幅画面。她们一会儿是一簇簇立在水中，一会儿是一排排在微风中摇曳，一会儿又调皮地组成浓绿的厚墙，似要阻挡你探寻她的秘密。她们终是掩口低眉、羞涩含笑地为你让出曲径通幽的航道，水中的倒影被你的船莽撞地荡成一湖碎玉。

这时，你的眼前一片开阔，纳林湖有一万亩的水域，清澈澄碧的湖水如一面镜子，远处巍峨绵延的阴山、近处连绵起伏的沙丘阳刚地衬托着柔美的湖水，蓝天白云倒映在水中，让人一时不知哪儿是天上哪儿是人间。鸟儿成了这个舞台的主角，有百余种候鸟在这里生长繁殖，仅国家一、二级保护鸟类，如白天鹅、黑天鹅、灰鹤、白鹭、灰鹭、鸿雁、雉鸡、野鸭等就有数十种。它们当然不甘寂寞。天鹅、灰鹤、白鹭等优雅一族舒缓地舞动着翅膀，或贴近水面击水低翔，或划着弧线在高空展示曼妙的舞姿。调皮的野鸭在前面逗引着游客，眼看船要接近的时候，一个猛子扎入水中，消失得无影无踪。

　　更让你惊喜的是猛然跃起的鱼儿打破平静的水面，吸引着你的视线。纳林湖水纯净的没有一丝污染，平衡的生态为黄河鲤鱼、草鱼、鲫鱼、鲢鱼、鲶鱼、武昌鱼及河蟹、河虾提供了天然有机的生存环境。因此，纳林湖的有机鱼以鲜美健康而远近闻名。远处，一个悠闲的钓者坐着小橡皮筏，融化在水的蓝、苇的绿中。

　　离开纳林湖是那样的依依不舍，摇曳的芦苇仿佛在向我们道别。我忽然感觉这翠绿的芦苇美的那样高贵，各种鸟儿、鱼儿在她的庇护下享受着自由，享受着爱情，享受着和谐。她美的那样深沉，在平静的湖水下面，唯有她能听到黄河千年的涛声。不过，我们还是要离开了，我们要去附近的农家，享受柴火灶的炖鱼，这是纳林湖人间的烟火。

磴口夏日瓜香飘

夏迈着热烈的脚步满脸灿烂地走向磴口的深处，是不小心踢翻了哪个花仙子的香水瓶吗？忽然空气中飘溢着芬芳的香味，这时满大街累累的瓜果才让你一下子意识到，哦，磴口的瓜熟了，又一个甜蜜的季节到来了。

磴口真是老天厚爱的瓜乡，乌兰布和沙漠极富个性的气候条件加之黄河水的滋润，让磴口的瓜在瓜世界中鹤立鸡群。

就说西瓜吧，全国各地到处都有，可是那种吃在口里的瓤沙汁甜，那种吃在肚里的舒爽无限，没吃过磴口的西瓜你真没有发言权。再说那香瓜，早早地就抢在众瓜之前上市，匆忙中还带着田野的泥土和晨曦中的露珠，脆生生地咬一口，甜中带香，醉了你的心肺。如果你对磴口的瓜还不信服，那么你就尝尝华莱士吧。这真是瓜中皇后，她的味道融汇了百花的芬芳、百果的香甜，独特的味道任何瓜都无可比拟。这还不算，她更为独特的是只选择在磴口这片热土生长，引种到其他地方也就失去了她独特的味道，真是贵族气十足呢。

磴口人为自己的瓜引以为豪，每到这个季节，邀请客人的口头禅就是："来磴口吃瓜吧。"不过，你得多个心眼，吃过磴口瓜的人早已垂涎欲滴，就等你这句话一说，他就毫不客气地赶来了。关键是不管吃过还是没吃过磴口瓜的人，来了吃一口就会上瘾，吃了这种还要吃那种，今天吃了明天还要吃，借着各种理由拖着不走，做出机票改签、计划延期的决定，好不容易要走了吧，他还想带一些，你总不能让客人掏钱吧。所以，瓜熟了，作为磴口人你可得长个心眼，你的客人到底是惦记你还是惦记你的瓜，主要是你还得惦记你兜里的钱，这个季节接待费总是会超预算的。

杨家河，一河乡愁流到今

华莱士节——磴口人的传统节日

又是一年的7月28日，磴口人的华莱士节如期开幕了，华莱士节已历经二十四届，年复一年，雷打不动，已成为磴口人独有的传统节日。

想起1993年首届华莱士节，那时我还是青春年少的政府办小秘书，恰对应文化口。那时还没有社会服务组织，一切亲力亲为，演员是通过领导的关系请到的内蒙古歌舞团、直属乌兰牧骑等专业团体的著名艺术家，属半义务性质的演出。我从呼市接回演员后，这些艺术家以非常严谨的态度调试音响直至后半夜，最后我就成了睡在露天舞台的下夜人。一天我在中央电视台的《中国好舞蹈》节目中看到当年来演出的内蒙古直属乌兰牧骑舞蹈家奥登格日乐，已成为中央民族大学的舞蹈教授、博士生导师，为她的学生助演老额吉（母亲），一举手一投足尽显慈祥沧桑，台下的评委郭富城、黄豆豆等人佩服得连喊大师。

回想起来，我参与操办的华莱士节有七届，最难忘的是在县委办的五届，我负责主席台的布置、座次安排和礼仪、表演的衔接调度。主席台上二三百人的座次是万万不能乱的，难的是台上人员复杂，有行政领导，有投资商贾，有衣锦还乡的磴口人，得让每个人都坐得到位、坐得满意。更难的是很多贵宾到晚上还有变动，临时决定增加的，突然有事不来的，或派下属代替，原计划好的座次就要打乱重新排序，还要临时赶制座签……总之，我的通宵不眠才能换来第二天主席台的井然有序。但第二天是顾不上累的，眼睛盯着开幕式的每一个流程，生怕哪一个环节出错，悬着的心不到宣布闭幕的那一刻是不会放下的。记得有一年开幕式礼炮不给力，彩条打不到高空，我恨不得一个跟头翻到楼上往下撒。

　　说起华莱士节，每一个碛口人都充满了感情，当年社会上兴起办节热的时候，各地都曾涌现出了这节那节，但过不了几年也就偃旗息鼓了。而碛口的华莱士节就如碛口的华莱士瓜一样，以其独特的品质和底蕴历久弥香，深深地融入碛口人幸福的生活。

华莱士节——磴口人的狂欢节

若问最隆重、最红火的节日是哪个，你也许会说是春节，但磴口人一定会说是华莱士节。

就像门前的黄河、屋后的阴山那样，多少年来华莱士瓜也是磴口人酸甜苦辣生活中的一部分。外地来的客人，没有什么能招待的，吃一颗华莱士瓜吧。谁知，客人一口吃下去就惊得瞪大了眼睛，瓜中竟有这样的仙品！吃到嘴里，怎一个甜字了得！它甜中浸润着百果的清香，弥漫着百花的馥郁，沁人心脾，陶醉了每一个细胞。在外地工作的磴口人吃遍了南北瓜果，总找不到华莱士那独特的味道，他乡的这种缺憾变成了浓浓的思乡情结。

也有外地人想把华莱士引种到自己的家乡，可是只要一出磴口就变味。也有人想多多地带一些华莱士回去慢慢地享受，可是华莱士的保鲜期很短，只有三五天。华莱士就是这样一种个性独特、生性高贵的瓜。

1993年，磴口人也懂得了商品经济，这么好的瓜也需要宣传一下，于是决定举办华莱士节。没想到的是，这一办就是二十五年，期间没有一年中断，即使2003年磴口经历了严重的"非典"疫情，华莱士节依然照常举办。当年初试商品经济，社会上确实是办节成风，葵花节、番茄节、羊节、猪节，你方唱罢我登场，但一阵风过去后都悄无声息，唯有华莱士节越办越有人气，越办越接地气，不论换了哪一届领导，都深刻地认识到华莱士节已经成为磴口老百姓的传统节日，必须要办，而且要办好。

不论在什么时节，碛口人邀客最充分的理由就是：等到了华莱士节你们一定要来啊，那是最美的瓜果飘香的季节。

每到临近华莱士节，不论是城镇还是乡村，仿佛所有的男女老少都在兴奋地准备各种文体节目，少儿专场、老年专场、农牧民专场、机关干部专场、职工运动会、赛龙舟……每一个人都有自己的舞台。

到了华莱士节，碛口的大街小巷变魔术似的，一下子人流涌动、热闹非凡。思乡的游子回来了，感受家乡越过越红火的日子；尊贵的客人赶来了，感受碛口热情好客的乡情。华莱士独特的芳香已升华出人性的万般滋味，温暖感动着你的心。

今年（2018年）是第二十五届华莱士节，逢五逢十是要大过的，7月18日，开启狂欢模式，时间一个月，还等什么，一起来吧！

小镇魅力

仿佛是一夜之间，磴口人忽然觉得往日名不见经传的小县城打破了往日的宁静，来了那么多的外地人、外地车，在最好的季节甚至宾馆爆满，这一切源于近年日渐火起来的旅游业。

也许是过去的熟视无睹，磴口人一下子意识到自己原来居住在一个风水宝地：背靠巍峨的阴山，面临蜿蜒的黄河，秀丽的河套平原和雄浑的乌兰布和沙漠在此实现浪漫的碰撞，飞溅出一百多个大大小小的湖泊，像瑰丽的宝石点缀着她丰腴的躯体。问山问水问沙漠，热情纯朴的民风伴着历史久远的回声会让你的心灵得到净化和抚慰。

磴口独特的魅力不仅在于她丰富多样的地质地貌，更在于她天然去雕饰的清纯模样。也许是产业开发上还处于起步阶段，每一个景点都是原生态的，没有人工包装的脂粉气，更没有商业运作的市侩气，游客总能感觉到一种别样的舒坦，如磴口人无须设防的亲切，如磴口天空碧蓝如洗的纯净。

磴口的旅游业发展潜力巨大，有人提出要向全国著名的旅游区学习，如编撰故事、销售旅游纪念品等，窃以为，用现代理念发展产业没有错，但必须保持一个"真"字，以浮躁的心态、拙劣的手法去追求失去本真的东西，不学也罢。

历史的天空

又一次来到了鸡鹿塞，虽然要把轿车停在公路旁在山沟里跋涉一段距离才能到达，虽然就是一个断壁残垣的关塞遗址，但是城墙上经历了汉唐风霜、明清雨雪的每一块石头，岁月的包浆让它们散发出幽幽的青色，让人想静静地坐在这里，感受一种非同寻常的气场。

作为防御匈奴南下的军事要塞，鸡鹿塞的青春和汉武大帝的雄风昼辉相映。那时周围的群山郁郁葱葱，那时脚下的黄河用她丰沛的河水充盈了东西五十千米长的屠申泽，那时意气风发的呼韩邪单于带着怀抱琵琶的昭君从长安来到这里驻足不前——长安是胡汉和亲的政治舞台，这里才是千古爱情的伊甸园。

鸡鹿塞见证了沧海桑田，大山只剩了雄浑，黄河消失了踪影。城墙脚下一座小房子，一块巨石下的小石窑讲述着另一段传奇。大概是二十世纪五六十年代，一名陌生的女子出现在鸡鹿塞旁，不管炎热的夏天还是寒冷的冬天，她都居住在这个巨石下的小石窑里，当地人无法知道她的来历、她的年龄，更不知道她是怎样在三面透风的小石窑里度过零下二十多摄氏度（遇到极寒天气可达到零下三十多摄氏度）的寒夜。善良的人们为她在旁边盖了一座避寒的小房子，可是她不去住，坚持住在小石窑里。年复一年，她生活在那里，岁月改变不了她的容颜，人们也走不进她的世界，也许她的世界已没有了冷暖，没有了时空，没有了悲喜，没有了常人的执念……

鸡鹿塞是一个适合把心放在这里休憩的地方，一念历史的悠远，一念时光的短暂，此刻化作了虚无。站在汉代的城墙上，仰望历史的天空，语言的对话显得那样苍白、窘迫。

磴口味道——鸡勾鱼

河套人把农村自家散养的鸡叫笨鸡，说起这笨鸡的美味，每个河套人都耳熟能详。单从外观看，笨鸡肉质紧实，散发着油黄鲜亮的光泽，养殖场快速育肥的鸡和它比起来，苍白松软、黯淡无光。关于笨鸡的美味，每个人都有自己垂涎欲滴的记忆，我最难忘的是妈妈做的酥鸡：把鸡肉切成块，仅需少许调料，伴以葱花、面糊，用胡麻油炸出来，不必说鸡肉，那面块被鸡肉的浓香浸润，现在想起来似乎比肉还要香几分。

过去河套人对鱼是不感兴趣的，因为他们大部分是从周边省份的山旱区移民过来的，鱼对于他们来说实在是有点儿生分。黄河没建起拦河闸的时候，每当河水肆虐或灌溉时，河套的沟沟岔岔里到处是鱼，人们也不怎么稀罕。后来随着社会的发展，人们才知道鱼原来是很上讲究的，也逐渐体会到鱼的美妙。黄河边上的磴口很快就把鱼做到了极致：黄河鲤鱼、鲶鱼、草鱼、杂鱼清炖的鲜美，干炸泥鳅、河虾的醇香，熏鱼的独特风味，一下子就出了名，再加上紧傍着黄河拦河闸水利枢纽风景区，每到开河，慕名来游览吃鱼的人络绎不绝。

不知是哪个不知足的，还嫌不够得瑟，竟然要把鸡和鱼在一个锅里炖，美其名曰鸡勾鱼。初来的客人一听说都瞪大了眼睛，鸡怎么能和鱼往一块儿炖？可是端上来一品尝，他们就顾不上说话了，经过烹炒炖煮的鸡肉颜色红亮诱人，本来就能香塌脑子的笨鸡肉吸收了鱼的鲜美，真难以形容是一个什么样的境界；急着尝一口鱼肉，鲜嫩中又渗透了鸡肉的浓香，但两者味道的侧重点又各不相同，恨不得有两张嘴同时享用。做鸡勾鱼必须要用农村的大铁锅，锅沿上还要贴蒸饼，蒸饼一面炕成酥脆的金黄，一面却是暄软嫩白，早被鸡鱼混合起来的香味熏蒸得泛着油汪汪的光泽，这一口大铁锅里竟然有如此丰厚得内涵，每一个见识过的人无不是肚儿滚圆，早已把减肥节食忘到了九霄云外。

鸡勾鱼听起来荒唐，其实也算是对两种美妙的味道进行的大胆创新，否则碷口的鸡勾鱼怎么能勾住那么多的人呢。

幸福的磴口人

从18日华莱士节开幕始，磴口县政府大楼门前的富源广场就变成了名副其实的人民广场，偌大的舞台是那样的专业华丽，可是每晚登上舞台的却不是专业演员，而是普通的磴口老百姓，有少年儿童表演的天真烂漫的歌舞，有磴口好青年传递出的健康向上的正能量，有中老年人不老的风韵，有企事业单位干部职工爱国歌曲的豪迈激越，有农牧民纯朴清新的乡风民曲……台上是唱不尽的欢乐，演不完的美好，台下是不停息的掌声，不散场的观众。这种互动不是礼节性的，而是发自内心的，因为台上的演员就是他们的孩子、父母、同事、朋友，演唱的就是他们的故事、他们的心声，此刻的磴口人无比的幸福。

近年来，磴口人越来越感觉到自己享有一份独有的幸福，工作之余，你驾车出行，不论东南西北，跟着自己的心情任意走个十来分钟，展现在眼前的不是蜿蜒的黄河，就是雄浑的沙漠，或是清澈宁静的湖泊，抑或是秀丽旷远的平原，那奇特的自然景观，那深藏的历史故事，只要你一直往前走，她就在前方等着你，或远或近，看不够，探不完。想寻找一片宁静，你就一个人坐在奈伦湖畔，看如镜的湖水倒映一轮西下的夕阳；想抒发胸臆，你就站在拦河闸顶，看一弯黄河浩浩汤汤流向天际；想幽思怀古，你就走进阴山，倾听岩画、鸡鹿塞的诉说；想激情燃烧，就驾着越野车，在乌兰布和沙漠中冲浪，体验人生的极限……上天厚爱磴口人的不只是华莱士，身边的每一处景物原来都是赐予。

　　有一位市里的朋友，大家提起碴口的每一处地方他都说来过，原来他常常利用周六日的时间带着家人来碴口走走。我问："那你为什么不告诉我？"他说："惊动你们又要招待吃饭什么的，多浪费时间，还不如用更多的时间充分享受你们大漠湖泊的美好。"原来，我们碴口这么令人向往，原来，我们碴口人是这样的幸福啊！

磴口话鱼

要说磴口的特色美食，就不得不说鱼了。能在乌兰布和沙漠占土地面积百分之七十的磴口谈论鱼的话题，真不是说大话，那是上天对磴口人独特的赐予和无私的馈赠。

神奇的造物主不仅让黄河惠顾了磴口，而且从阴山脚下由磴口的最北端随着斗转星移逐渐移到了磴口的最南端，在漫长的历史进程中，黄河浸润了磴口的每一寸土地，完成了对磴口的精雕细琢，在金色的大漠中镶嵌了一百多个碧绿的湖泊，一下子让磴口这片土地灵动起来，俯瞰磴口，一条涌动的黄河如同撒落了无数明珠，在磴口大地上熠熠生辉。

百湖之乡，魅力磴口。这个招牌可不是凭空打出来的！魅力是由无数个因素形成的，鱼在其中扮演了一个重要的角色，所以，每当春暖花开的时候，河开湖融，到磴口吃开河鱼成为人们春游的首选。

春天的拦河闸垂柳吐出鹅黄的嫩芽，凝固了一冬的黄河泛起温暖的波涛，徐徐微风把湿润的腥甜送入干燥了一冬的空气中。于无声处，春意涌动起勃发的生机，在薄施粉黛的初春景色中，黄河熏鱼当仁不让地吸引了游人的眼球。熏鱼是当地的一道特色小吃，黄河里的各色鱼等经商家的熏烤秘制，散发出诱人的焦黄色和浓郁的烤香味，当你游玩累的时候，坐在树荫下，细细地品尝，熏鱼独特的鲜香一下子就吞噬了你的味蕾，层次分明的味道逐渐引诱你上瘾，欲罢不能。往往有第一次吃熏鱼的朋友贪婪地想一下子就吃饱肚子，其实，在磴口，这只是一道开胃菜。

正儿八经的鱼宴要摆在黄河边的鱼庄，先是下酒的干炸河虾，橙黄色的，外酥里嫩，满嘴鲜香。接着是干炸小泥鳅，让男士们趋之若鹜，大补着呢。这时主角才陆续登场，先是金黄色的黄河大鲤鱼。有人说磴口人炖鱼是一绝，我觉得秘诀就在于鱼的品质好，无须放那么多的调料，更多的是鱼自然浓郁的鲜美。鲤鱼腹部的肉入口即化，肥美无比，鱼身的肉筋道耐嚼，回味无穷，更有那"一颗鲤鱼头，不换一头牛"，你说馋人不？这时，再给你上一条颜色鲜亮的大花鲢，鲜嫩自不必说，仿佛还带着河水的清甜和纯净。鲫鱼更是有众多的美食拥趸者，要吃就必须吃一整条，美其名曰图吉（鲫）利，其实你看食客，最后哑巴着鱼头恨不得连骨头咽下去的吃相就知道图的是什么了。若论鱼宴够不够档次，那就要看上不上鲶鱼了。俗话说，五月的鲶鱼赛人参，可见其营养价值之高。鲶鱼肉质细腻，滑嫩鲜肥，口感更是没得说，如果做成鱼锅，鲜嫩的鱼肉仿佛要化在奶白色的鱼汤里，此刻"饕餮"是最恰当的词语。

在磴口吃鱼就如同大块吃肉般的豪爽，如果你觉得不够斯文，那么就上一盘杂鱼吧，所谓杂鱼，就是黄河里各类生长缓慢、体形较小的鱼，诸如面棍、红眼、沙锥子等，一网打上来炖在一起。这类小鱼肉质细腻紧致，鱼刺同样细小密集，味道更是鲜美，你必须耐着性子一点儿一点儿地分离肉刺，才能领略鲜美到极致的个中滋味。

接待过一帮美女客人，刚开始还嚷嚷着减肥，结果上来每一道鱼都忍不住，吃得忘乎所以，最后的鱼汤泡米饭每人又是满满一碗，这才抚着肚子依依不舍地离开餐桌。

在湖边吃鱼一定要到农家小院，一锅鸡勾鱼足以让你大饱口福。鸡和鱼怎么能往一个锅里炖？不要大惊小怪，磴口人吃鱼就是这么任性。鸡是散养的红公鸡，鸡肉油黄晶亮的色泽，苍白的人工养殖鸡是无法比拟的，鱼是海子里吃芦苇长大的有机大草鱼，一般都在六七斤左右，大铁锅里先把鸡肉炒出油后炝锅，然后放入草鱼，加水用柴火炖煮，锅沿上再贴上蒸饼，待水干后出锅，满锅的红黄油亮，鸡肉的醇香和草鱼的鲜美互相浸润，融合成另一种独特的味道，但又各有侧重，蒸饼一面焦黄一面雪白，暄腾中散发出面香和肉香，这时你才知道一张嘴是不够用的，你也领略了什么是碛口的味道。当然，湖边也有大手笔，举办大型活动的时候，一口大铁锅里炖两三千斤鱼也是常事，那一锅味道的浓厚不知百年老汤能否与之媲美？

碛口的鱼不仅给人带来味觉上的满足，更有精神上的享受，从冬季冰雪节的冬捕到夏季的国际垂钓、鱼王大赛、巧媳妇黄河鱼美食大赛等玩儿的还嫌不够，竟然搞了一场千人围鱼，这下彻底嗨翻了天，不论男女老少，一起在大水坑里回到了童年，我有感而发创作了《千人围鱼——我们一起回到童年》发在美篇平台上，两三天之内，阅读量竟然"噌噌噌"地蹿到了二点七万。

在碛口，鱼的话题真是说不完。

磴口话面

要说磴口人是很没出息的，每每出远门，天南地北的朋友倾其所有，用当地的山珍海味热情招待，可是没几天磴口人就蹙起了眉，觉得这也不合口，那也不对味，浑身不舒坦。其实原因还在于自己，因为胃里缺了一碗家里的面。

河套地区出产全国闻名的优质小麦面粉，以面食为主是河套人的饮食习惯，但要说哪里的面最有特色、最好吃，磴口是大家公认的。

磴口地处河套平原的西部，居民大部分来自甘肃、宁夏、陕西、山西等地，习惯上把宁夏、甘肃等西部地区迁移来的人称为西人，把陕西、山西等东部地区迁移来的人称为东人，东人和西人对面的各种做法在磴口得到了很好的集聚和融合，来源于各自的老家，但又根据河套人的口味和当地的食材进行了改良，一碗碗各具特色的面用独有的美味讲述着各自的故事。

晨曦初露，磴口的街面上最先苏醒的是大大小小的早点铺子，蒸腾的热气温暖了冷清的街道，勤快的店主半夜起来就开始忙碌了，精心准备着能撑起店面的一碗面：民勤拉面、挽面、砂锅面片、手擀面、刀削面、荞面、肥羊面、杂碎面、饸饹面……各种招牌，引得晨练的人们纷纷奔向各自心仪的面馆，汤汤水水、热热乎乎地吃一碗面，胃里的舒坦、熨帖传遍了全身，为一天的精气神妥妥地打好了基础。

走马观花地浏览了这么多的面，还是细细地品尝几碗有代表性的面吧。

首屈一指的当属拉面了。这是从甘肃民勤传过来的做法，先要用盐水把小麦面粉和成软硬适中的面团，顺同一方向反复揉、饧，直到面团的表面非常光滑细腻才切成小面剂，搓成圆圆的细长条，表面刷上胡麻油放到盆里，加盖，再饧一到两个小时以上，这时面剂已变得非常软，可以拉成又细又长的面条，煮熟后白洁光亮，筋而不僵、软而不黏的口感最是令人啧啧称奇。不过你千万不要看着我的介绍就贸然去做拉面，那样一定会狼狈不堪的。做拉面绝对是一件需要经过无数次感悟的手上功夫，功夫不到，往往是手忙脚乱、满头大汗，到头来面一拉就断，煮出来像筷子一样粗，吃到肚里觉得就像杵着几根椽子，好生难受。你再看农家主妇，仿佛一切都是不经意间和好了面饧着，就开始用猪的瘦肉和五花肉切成丁，在锅里炒成黄红色，加上葱、姜、蒜和其他调料，用酱油一烹，农家猪肉扑鼻的香味霎时冲入了五脏六腑。这时再加入土豆丁、香菇丁煸炒后加水熬制，出锅时滴上红红的辣油，撒上翠绿的香菜末，一锅臊子就熬好了。这时，饧好的面剂子在农妇的手里如表演魔术般被拉长，对折再拉长，如此反复，最后如一团银丝般下到沸腾的锅里。如此美妙的面浇上飘着红油点缀着翠绿的猪肉臊子，不说了，咽口水去吧。

拉面是上待宾客的一道美食，只有贵宾才有这口福，特别是过去相亲盛行的年代，交通不便，远路过来，成与不成总得给吃一顿饭，不能让饿着肚子走。如果给吃拉面，上门相亲的后生便会暗自欢喜，说明对方看上自己了，要往住"拉"这门亲事了，如果看不上，给你揪一锅面片吃了走人，亲事也就打了水漂。

在磴口，如果你能吃到一碗挽面，那才是难得的口福。不是磴口人小气，是挽面的制作太费功夫了。做挽面要在面粉里加沙蒿籽，沙蒿籽富含亚油酸和维生素 E，并且可以增加面的韧劲。因为面要和得非常硬，用手是揉不动的，最好是两个大男人用擀面杖反复地在面团上横压竖压，在压的过程中逐渐给面团加水，直到把面压得光滑柔软。擀开切成长长的面条，这时的面条还比较粗，要由一个人平举着擀面杖，另一个人把面条搭在擀面杖上，将悬挂的面条合拢起来反复地拧，用这拧的巧劲让面条变得细长匀称，然后取下来顺着一个方向挽成螺旋状。挽面在冬天可以一次做很多，放着慢慢吃。煮熟的挽面滑爽油亮，呈半透明状，吃一口仿佛满嘴游动着小鱼，美妙的口感无法形容。如果你是贵客中的贵客，主人提前知道你要来，才会挽好面等着你。

拌面可以是拉、切、挽的面，关键在于拌头，一种是清拌，一碗洁白的面条拌上用胡麻油炝出的绿的葱花、白的蒜泥、红的番茄酱，再来一勺辣椒油，一撮香菜末，真正是一碗春秋，满口清香。还有就是用茄子、尖椒、豆角、柿子等炒制的拌头，当然还可以用西红柿炒鸡蛋或各种肉酱拌面，每个人心中都有一碗最合口的拌面，那是妈妈的味道。

饧揪面是磴口人的家常便饭，把面饧好揪成面片下到不同风味的汤里，是中老年人的最爱。尤其是用后山羊肉做的羊肉汆面片，鲜香可口，头一天晚上喝高了，早上晕晕乎乎地来到面馆，一砂锅羊肉汆面呼噜下去，暖心暖肺地出一身汗，浑身舒坦，立马精神起来。

还有碱面、焖面、刀削面、饸饹面等，实在是写不动了，让有贯口功夫的高手去介绍吧。如果感兴趣，就来磴口一一品尝吧，您出钱，我当导游。

磴口话沙

　　1949年10月，由宁夏省委派遣县委书记杨力生等三十二名在陕甘宁边区成长起来的干部接管和平起义的磴口县。这些人就是磴口县委、县政府的全部工作人员。对他们来说，磴口是一个既陌生又神秘的地方，只是在十几天的行程中，听说那里有猖獗的匪患和肆虐的风沙。匪患无所谓，他们一个个久经沙场，还恨不得去追剿土匪呢，就是从未见过的风沙让他们心里打鼓。因为人们绘声绘色地描述磴口的风沙刮起来天昏地暗，寸步难行，稍不注意就会被刮到黄河里。比城墙还高的沙浪扑过来就会卷走牛羊、埋没房屋……虽然有点儿危言耸听，但与现实极其相近。因此，他们上任后下的第一个决心就是种树治沙。于是，人口不足两万人、财政收入不足一万元的磴口县用原始的人力用十年的时间建成了乌兰布和沙漠东部边缘五十四千米的防风林带，创造了人间奇迹，成为一座丰碑，指引着磴口人子子孙孙种树治沙，成为一种不竭的精神传承。

　　"三天不刮风，不叫三盛公（磴口老县府地名）。"这个谚语是磴口的真实写照。多少年来风沙让磴口人颜面无光。曾几何时，人们忽然意识到风沙减少不是偶然的年份，风和日丽竟然成了常态。重新审视一下，紧逼县城的沙丘和频繁的沙尘暴已成为过去的回忆。

　　几代人的治沙梦想不是由黑白到彩色简单的蒙太奇切换，在浩瀚的沙漠里，种一棵树是用汗水浇活的，增一笔绿是用信念绘就的，今天，占土地面积70%的沙漠里无数条纵横交错的防风林带是付出了怎样的艰辛，一条条黑色的穿沙路两侧镶嵌着绿色的林带蜿蜒伸入沙漠深处，给沙漠注入了新的活力，曾经以为有百害而无一利的沙漠展示了它全新的魅力。

走进沙漠，深处，汉代古城等待着2000年前的约定，仰望秦时明月的万里征夫，把幽幽的倾诉留给今天的你：一样的月光可否有同样的心境？

走进沙漠，下面，积淀了黄河千年的涛声，不甘的脉动涌动出翡翠般的湖泊，孕育着生命的力量。

走进沙漠就是走进了一个神秘的宝库，苁蓉、锁阳这些珍贵稀有的药材只在沙漠里才能生长。瓜果，只要产自沙漠，抢手是毋庸置疑的。聪明的圣牧人把奶牛养到了沙漠里，有了欧盟认证的有机牛奶。铁棍山药插到沙里，就成了人们眼睛里拔不出来的好东西。更有甚者，要在沙漠里种有机水稻，别以为这是水火不相容的事情，科技硬是把异想天开变为现实。

走进沙漠就是走进了放飞自我的精神家园，在烈日下越野冲浪，释放不羁的激情；在星光下静静冥想，治愈疲惫的心灵。

回想1950年，躲不过沙害的磴口人走进了沙漠，那时他们一无所有，有的只是绿色的信念，这一走就是六十八年，终于走出了今天的好风景。对于今天的磴口人，沙成了珍宝，沙成了王牌，沙成了自豪。

有一个人永远不愿走出沙漠，20世纪90年代，遵照遗嘱，杨力生一半的骨灰埋入了阔别近三十年的磴口一百五十四千米防风林带，那里有他的初心，那里有跟在他身后的治沙英雄群体。

走进沙漠，欢乐中有更多沉甸甸的故事……

磴口话瓜

　　童年的时候，感觉河套的水果很稀缺，现在的丰富只是后来逐渐地引进推广使然，而瓜却是河套大地土生土长的主角。每到夏秋，瓜陪伴着河套人的每时每刻，早晨起来，下地的农人、上学的孩子带一颗瓜在上学、干活中途解渴止饿，中午回来吃一颗凉爽甘甜的瓜消除暑热带来的烦渴，晚上无事的时候吃一颗瓜消夜，每到吃瓜的季节，人们大概就不思肉味了，胃只对瓜有一种执着的渴望。

　　对于孩子们来说，瓜更是他们的最爱，从瓜秧结上瓜开始，感觉时间就停止了脚步，等待瓜熟成了一个折磨人的遥遥无期的等待，直至没有耐心，灰心丧气。忽然一天，微风送来阵阵瓜香，如同夜猫听到了"吱儿吱儿"的鼠叫，人一激灵，立马精神起来。大集体的时候，要等到大批量的瓜熟才给社员分，因此，馋得眼珠子都要掉出来的孩子们只有一个字：偷。每一个在河套长大的孩子，都有属于自己的偷瓜的故事。

　　不是河套人太爱吃瓜，而是河套的瓜太好吃了。要说河套的瓜，毋庸置疑，最好吃的还在磴口，原因嘛，吃货都明白：挨着乌兰布和沙漠，沙质土壤，昼夜温差大、积温高，这是瓜果糖分积累得天独厚的条件。

　　现在的孩子真是太有口福了，随着栽培技术的提高，天气刚刚转热，当你刚想起瓜的时候，各种瓜就陆续上市了。第一个闪亮登场的是艳名白梨脆的香瓜。刚到五月底，它们就迫不及待地挂着露珠甚至沾着星星点点田间的泥土簇拥在瓜车上，形成一座白晃晃的小山，新鲜清香的气息立时流入大街小巷，提醒着吃瓜群众美好的季节又开始了。白梨脆的外形像梨，皮薄肉脆，水嫩清甜，拿一颗在清水里洗洗，直接下口，一口比一口大，一口比一口诱人。

进入七月初，和白梨脆交接班的是赫赫有名的华莱士。这可是高贵的瓜中皇后，她一是体格清癯，一斤左右的标准体态，集百果的甘甜和百花的芳香于一身，一般的瓜论的是味道，华莱士体现的是气质；二是品质孤傲，只生长在磴口的土地，移栽他乡绝对是北枳南橘，而且保鲜期短，要想体验她的美妙，你只能红尘一骑亲临磴口，还要在对的时间甚至还要有对的人，因为常有假冒者东施效颦，岂不让您扫兴？华莱士可以说是磴口最闪亮的一张名片，所以才有了连续二十多年的华莱士节。

数伏天的西瓜是最亲民的，特别是沙地西瓜，鲜红的沙瓤如甘甜的砂糖颗粒，入口后瞬间又化为清爽的汁水，清甜沁人心脾，幸福冲入脑顶。最惬意的是西瓜泡烙饼，用铁锅烙一张厚厚的白面烙饼，掰成小块泡在沙瓤西瓜中，红红的汁水渗入雪白的烙饼中，西瓜的清甜和浓浓的面香结合，真是美妙无比，大半颗西瓜瞬间就成为空碗。

进入秋天，厚皮甜瓜接踵而至，一种称作珍珠玛瑙的，圆圆的外形，白色的皮闪着莹润的光泽，如同一颗颗珍珠，肉却是玛瑙般的橙红色，细腻水润，味道香甜馥郁。还有一种网纹蜜瓜，如沉默寡言的敦实的汉子，深绿色的厚皮上布满粗线条的网纹，闻不到一点儿瓜香，摘回家放一段时间，青玉般的瓜肉软得要化成水一般晶莹剔透，吃到嘴里才能感觉到有一种甜是会浓得堵住嗓子眼的。

写到这里我累了您馋了，其实磴口的瓜还很多，生活哪儿有止境呢，吃到这几样也算是人生幸事了吧？

河套杂谈

河套文化就是一部丰富的移民文化，大的方面是蒙汉文化的融合，汉文化又以晋、陕、甘、宁及冀、鲁、豫等为主，体现在饮食方面，有山西的焖面，陕西的油糕，宁夏的爆炒，甘肃的拉面，内蒙古的炒米、奶茶、手扒肉等，更有那酸烩菜、酿皮、米凉粉、蒸饼等。

每年夏收后有一段农闲时间，乡村纷纷搭起舞台，晋剧、秦腔、二人台你方唱罢我登场，热闹非凡。二人台、漫瀚调风搅雪的表现形式，把蒙汉语言、音乐有机地结合在一起。

民间的官方语后套话东部接近山西、陕西，西部又带了点儿甘肃、宁夏的色彩，也因此分为东人和西人。也有来自同一地方的移民聚居在一起，就保留了家乡的口音。有一个村集中住着甘肃民勤县人，其中有一户山东人，大人说地道的山东话，孩子说满口民勤话，这户人家真是赚大发了，千里迢迢从山东来到内蒙古，孩子竟然学会了甘肃方言。还有一个村一半是民勤人，一半是山西保德县人，两种方言并存。和家人、老乡交流用各自的家乡话，后套话则是他们社交的通用语言。这种现象也是非常有趣。

风俗习惯上有共同认同的，也有保留老家讲究的，比如在婚礼娶送上，有的讲究单数，有的讲究双数，双方争执不下，最后在介绍人的调和下，或各讲各的，或遵从了河套新的风俗。冬天来了，要给逝去的先人送冬衣，东人选择在冬至上坟，西人则选择在阴历十月初一。我有个朋友祖籍山东，不知是父母早亡没有留下祖训还是爱东西不同乡俗影响而无所适从，十月一上一次坟，冬至又上一次坟。我调侃他："你家祖先真有福气，生前没做过'富二代'，到那边竟然做了'富先代'。"

现在生活好了，交通方便了，回老家也不再是个难事，可老家的生活习惯已不适应，特别是出生在河套的后人看老家是那样的新奇与陌生，住不了几天胃里就不舒服了，想河套的大烩菜、炖羊肉了。河套才是他们的家啊，他们已经成了地地道道的河套人。

乡趣篇

偷　瓜

　　窃书不算偷？我说偷瓜才不算偷。河套出产的瓜是非常好吃的，品种很多，西瓜、蜜瓜、香瓜等，细分种类更多；味道好，甜、香、醇，外地瓜无法比拟。因为黄河水滋润，光照充足，昼夜温差大。瓜是河套孩子的最爱，可是在以粮为纲的大集体时代，瓜只有生产队里种个二三十亩。每到瓜熟开园的季节，浓郁的瓜香飘溢在田野，引得孩子们口水直流，可迟迟等不到分瓜，只看到大队的领导领着公社的干部一车车把瓜拉走。孩子们实在等得没有耐心了，最后只剩下一个字：偷。

　　偷瓜是需要智慧和勇气的，看瓜老汉是我们作文和造句里常赞美的贫农李大爷，可生活中他严防死守的辛苦和健步如飞的身手令我们很无奈。我们只能选月黑风高之时，相约三五好友行动。常言道做贼心虚，偷瓜要以一人纵队穿过一片密森森的玉米林，走着走着，总感觉李大爷会从天而降，当头棒喝，遂毛骨悚然，打头的迈不动脚步，大家只好轮流当排头。瓜地边有一条渠，我们学着电影里侦察兵的样子，隐藏在渠沟里，伺瓜茅庵里没有动静时，便一骨碌翻过渠，滚到瓜田里，匍匐前进，摸索大瓜。有时，李大爷会从茅庵里出来，用手电筒在瓜田里四处扫射一下，如敌人的探照灯。如此情境，我们仿佛真成了侦察兵，因自己的勇敢而感到兴奋和刺激，忘了自己正在干着的是有悖于社会主义接班人的事情。我们还编了一首偷瓜语录："下定决心去偷瓜，不怕牺牲往里爬，排除万难挑大瓜，争取胜利往回拿。"

如今，瓜已成为河套农村的一大产业，每到夏秋，田野成为瓜的世界，孕育着河套人甜蜜的梦，对于富足的人们，瓜已不是稀缺之物，偷瓜一词已成为历史。

　　我们偷瓜，岁月偷走了我们的童年，一切成为美好的回忆。

杨家河，一河乡愁流到今

贴春联

贴春联是过年必不可少的一个形式，现在住楼房，上街买一副对联贴在防盗门上，也真就是走走形式，没有多大效果。想起童年时贴春联，那才真有一种仪式感。

那个时候，河套农村每家都有一排黄泥土屋以及由粮仓、牲畜圈舍等围起来的院落，习惯是只要有门窗的地方（包括圈舍门和粮仓口)甚至院里的树上、驴车上都要贴春联。我家人在村里还算有点儿文化，每到春节临近，左邻右舍都拿着红纸来我家让写春联，这时父亲和大哥、二哥就轮番上阵挥毫疾书，而我就充当了"笔墨侍候"的书童。他们在炕桌上写，由于炕桌小，就由我负责给他们护纸，长出炕桌的春联我要用手拉成和炕桌一个平面，既不能让刚写的字流墨，又不能影响他们的书写，时间一长，心里的无聊和肢体上的酸困常常造成流墨或拉纸不合拍，便会遭到一顿呵斥。这真是一种盼不到头的煎熬，可父亲和两个哥哥却极有兴致，边写边互相品评，我偶尔扫一眼，感觉哥哥们的字龙飞凤舞似乎要好一些，现在想来，父亲那古拙的笔力才见真功夫。

年三十的早晨，母亲熬一锅糨糊，我和二哥开始贴春联。我负责端糨糊、递春联，二哥负责站在凳子上刷糨糊、贴春联。这时，村里性子急的孩子已稀稀落落地放起了鞭炮，有几个小伙伴已穿好新衣服来喊我出去玩儿，而我们连正房的春联还没有贴完呢，还有那大大小小的门窗，我不耐烦地对二哥说："以后咱把春联做成木头牌子的吧，过年的时候往墙上一挂，多省事。"二哥说："你尽想好事，不出气更省事。"

　　贴满了春联的院子如切换了的电影镜头，一下子变得红彤彤的，充满了浓郁的节日气氛。院子干净整洁了，人也精神焕发了，连鸡猫猪狗们都变得欢快起来。我贴完春联也就干完了今年最后一件事情，整个春节，可以尽情地疯玩儿，放鞭炮，吃好吃的……我的心情也像这院子一样豁然开朗，无比兴奋和激动。我和小伙伴们都怀着难以抑制的喜悦风风火火的满村子邀约更多的小伙伴，走到一个伙伴家，他父亲正逼着他歪歪扭扭地写春联，见我们进来，他父亲说："小子们，快给这个笨蛋想几副春联。"有个捣蛋的家伙眼珠一转说："叔，我想好了。""快说。""马瘦毛长不吃草，鸡飞狗跳乱糟糟。""去你的。"他父亲拿起了鞋底，我们在嗔骂声中一溜儿飞跑，清脆的笑声传遍了整个村子，感染得家家户户的院落都红彤彤的。年就这样来了。

　　现在人们都慨叹找不到年的感觉，我心中的年就是那遥远的村庄红彤彤的农家院和遥远的此起彼伏的鞭炮声，当然，还有那遥远的童真的欢快的笑声。

放鞭炮

除夕夜新年钟声敲响的时候，人们纷纷下楼放炮迎新年，可仔细一看，大家都会意一笑："呵呵，现在的孩子都不喜欢放炮了，能跟下来几个看热闹的就不错了。"于是大家像完成任务似的匆匆把各自的烟花、鞭炮、二踢脚等放完后就各自上楼了，新年夜也就在短暂的喧嚣后归于寂静。偶尔一声爆响在夜空中回荡，牵着我的思绪回到了童年。

童年时放炮就是过年最大的乐趣了，还在临近年关的时候，我就通过积极的干活和软磨硬泡的手段争取家里把给我三百响鞭炮的购买预算提高到五百响，一千响那就是个天文数字啦，对我来说想都不敢想。比我大不了多少的四姐也喜欢放鞭炮，每年理所当然买和我一样多的炮，这是和我分一杯羹啊，我恨得牙痒痒：我怎么这么命运不济，偏偏有个喜欢放炮的四姐。二姐就很好，看见放炮吓得要命。分到炮后我和四姐也就冰释前嫌了，我们合起伙来捉弄二姐，专瞅她过来的时候放，然后看着她抱头鼠窜的样子开心大笑。

那时我们放鞭炮是拆开来一个一个放的，哪舍得整挂噼里啪啦的燃放。从一开始就要计划好每天放的数量，否则图一时痛快，年没过完炮已放完，看着别的小伙伴得瑟，你只有心痒眼红的份。整个春节，我们像上足了发条，从白天到晚上，村子的角角落落充满了我们的欢笑声和此起彼伏的鞭炮声。我们比各自鞭炮的声音亮度和放炮技能，先练着把小鞭炮用拇指和食指轻轻地捏着放，到最后能用如此办法放麻雷，就有一种男子汉的成就感，谁也不敢小瞧你了。多年前还是住平房的时候，有个同事拿个礼花弹来我家院里演示，点燃后拿礼花弹的手抖的如捏着银圆的华老栓，结果扔到了发射筒外平地开花，观花的人也呈放射状四处逃窜。指责之余，我大大炫耀了一下自己当年的风采。如今，放炮的人已沧桑了童心，更替了时空，也再没有人在春节的时候对炮有那么多的寄托了，炮声只能响得那样匆忙。

"公家"的向往

儿时，站在家门口看到远处朦朦胧胧的一户人家被小树林围着，很是神秘，问大人：

"那是谁家？"

"龚家。"

"公家？那一定有飞机吧。"

"嗯。"

"带我去看。"

"你好好听话，等有空的时候。"

在公私分明的年代，公是至高无上的，一切都是公家的，世上最高级的东西——飞机，当然只有公家才有啦。懵懂的我终于看到了"公家"的样子，原来就是小树林里的那户人家。

于是，我每天望着神秘的"公家"，为了让大人带我看飞机，严格自律地做个听话的孩子，一直坚持到上小学。这时，我又有了重大的发现："公家"有个和我们一样的鼻涕孩子，竟然和我在一个班。我迫不及待地问他：

"你家有飞机吗？"

"有。"

"我能看吗？"

"明天。"

次日——

"快带我去看吧！"

"给你带来了。"他漫不经心地从书包里掏出了一架……一架……一架……纸飞机。

冰雪童年

专家预测，今年的气候又现厄尔尼诺现象，夏天奇热，冬天奇冷。夏天的热倒是体验了一把，冬天的冷，已进入大雪节气，最高温度依然在零度以上。看来，寒冷就是个欺软怕硬的东西，面对锦衣玉食的现代人，它躲得远而又远，可是对于只穿着空筒棉袄棉裤的童年，寒冷却是瞅着缝就往你的肌肤里钻。

童年的冬天必定有大雪，厚厚的白雪像一张硕大无比的棉被，把整个世界笼罩成了耀眼的银色。有一种叫沙鸡的飞鸟也许是要逃到没有雪的地方觅食，一队队在空中"沙沙"地急速飞过。有人碰巧能遇到被电线撞落的沙鸡便可打个牙祭，于是我也像一只馋猫，听到"沙沙"的响声就贪婪地仰望天空，可是永远没有掉落沙鸡的好运。

雪后的天气奇冷无比，风像刀子一样割在脸上，即使太阳明晃晃地挂在天上，光芒也被寒风吹散在雪野中。上学的路程也是我们和严寒抗争的过程。那时候的棉袄、棉裤里面是没有秋衣、秋裤的，保暖内衣做梦也想不到。脚上虽然穿着手工织的羊毛袜和条绒棉鞋，但依然冻得生疼。御寒衣物我最得意的就是母亲做的兔皮帽子，其他同学的帽子都是尖顶子，帽扇软塌塌的，像个土匪小炉匠。而我的帽子是平顶的，帽檐棱是棱角是角，帽扇下角还可以微微向外上翘，像极了雷锋帽的款式。可是在上学路上必须要把两个帽扇从下面系住，否则要被冻个半死，只有在上课的时候可以让两个帽扇微微外翻上翘，心里美滋滋的俨然雷锋的样子。恼人的是老师不解风情，一定要我把帽扇翻到帽顶上系住，并呵斥道："帽子捂着耳朵怎么听课？"

　　童年的冬天最梦幻的东西是冰。早上一睁眼，窗玻璃上便是满满的冰花，像什么又不像什么，总感觉是一个神秘的森林世界，好想走进去探个究竟。门前有一口水井，全村人都在这口井里吃水，井沿上挂着细长的冰揪，晶莹剔透，让人忍不住掰下来"咯嘣嘣"地品尝它的滋味。最销魂的事要数溜冰了。冬夜的月色清澈明亮，慌慌张张咽下晚饭的我支棱起耳朵一听，村后的冰面上已是欢声笑语。我迫不及待地撒腿就跑，把大人的担忧和叮嘱甩到了欢快的脚步声中。镜面一样的冰面在月光的照射下流光溢彩，眼前一下子出现了一个奇妙的童话世界。小伙伴们一个个仿佛是插上了翅膀的天使，在冰面上潇洒地滑出各种姿势，当你忘乎所以的时候，一不注意就有恶作剧者一个长滑直冲你脚下，让你四仰八叉地摔在冰面上。冰车、陀螺更是有了用武之地，还有各种冰上游戏轮番上演。我们欢乐的忘了回家的时间，月亮也陶醉在我们的欢乐中，忘了前行的步伐。至今想来，冰上的童年只给我们留下了快乐，却没有了一丝严寒的记忆。

摸鱼儿

摸鱼儿这么直白的字眼竟然成为典雅的词牌名，对于我们河套农村的孩子来说，摸鱼儿是一夏的乐趣，我们有个更直白的名称：捞鱼。

童年的河套农村，有水的地方就有鱼。干渠向农渠输水要建一个闸口，闸口的出水湍急，在闸下冲出一个又大又圆的深坑，我们称作闸箱圪洞。每当浇完水后，农渠里的水干了，闸箱圪洞里还有很多的水，这里也就成了鱼儿的避难所。

农村孩子是没有闲的时候的，夏天给猪挖苦菜是最具共性的营生。一大早我们就挎着笊篱、拿着铲子邀约一帮伙伴出发了。按理说挖苦菜应该是单独到人迹罕至的偏僻田野地头，才能找到没被人发现的长苦菜的地方，由于是一人独享，必定是挖得又快又多。可我们的心早飞到了闸箱圪洞，苦菜早已被活蹦乱跳的鱼儿代替，因此，挖苦菜的规划线路一成不变——边挖边向闸箱圪洞靠近，原计划挖满一笊篱能够让贪婪的懒猪果腹就开始捞鱼，可是眼看接近中午，没有探到笊篱边沿的菜在烈日的照射下一发蔫倒显得更少了，好不容易碰到一片苦菜，可怜娃多菜少，三下五除二就挖完了，笊篱是没有挖满的希望了，而闸箱圪洞已在眼前，还能看到鱼儿翻动的水花。如此诱惑让我们顾不得许多了，把篱里的菜在水里淘一下，倒在树荫下以免继续蔫下去变得更少，便急匆匆冲入水坑，奋力用笊篱把水搅浑，鱼儿经受不了如此折腾，惊恐地游到水面，露出黑黑的脊梁，我们兴奋地开捞，用笊篱当鱼兜，照顾面大，但速度迟缓；直接下手速度快，却让光滑的鱼儿从指间溜走。就这样鱼儿和我们这帮侵入水界的土匪进行着惊心动魄的周旋，不知不觉已过正午，我们只好恋恋不舍地上岸。一身泥水的我挎着半箩筐无精打采的苦菜，上面恹恹地躺着两条小鱼回到家里，低垂着脑袋，耷拉着眼皮，接受着大人的训斥。不争气的猪夸张地在猪圈里"吱吱"地叫着，表达着它们的饥饿，大人恨不得把我喂了猪，我恨不得把猪一脚踹到九霄云外，快乐的只有跟在我后面闻到鱼腥味的阿猫阿狗。

就这样，一夏又一夏，我们用箩筐不停地在水里捞着，不经意间，直起腰来，童年已随着河水从箩筐的缝隙溜走，唯有那活蹦乱跳的鱼儿时时触动着心弦。

耍　水

　　盼望着盼望着，夏天来了，干涸了一冬又一春的小河里转眼间流淌着满满的黄河水，荡漾的水波涌动起我们心的涟漪，让我们兴奋不已。河上的闸门一提，河水跳跃着浪花欢快地在渠里哗哗流淌，我们在前面奔跑着，引着水头一路欢笑，惹得田里干渴的麦苗伸长了脑袋，恨不得跳起来一睹期盼已久的河水。都在盼水，但都没有我们这帮孩子急切，水下来了，耍水的狂欢季也开启了。

　　河套农村的孩子整个夏天是泡在水里的，每到中午午休的时候，劳累了一上午的大人出于安全考虑，不让我去河里，喊着让我和他们一起午休。我躺在炕上辗转反侧，睡意全无，支棱着耳朵听到大人们发出了均匀的鼾声便悄悄地溜下炕，一溜烟跑向了河边。这时，河里已是一片欢声笑语，打水仗的、比赛游泳的，热闹非凡，急的人脱衣服都嫌慢，一个箭步就跳入这欢乐的海洋。

　　河水对我们太有诱惑了，大人管过，老师也管过，看你耍没耍过水最有效的验证办法就是用指甲在皮肤上轻轻一划，刚耍过水的人必定会出现一个白印。可是河套的夏天，河里、渠里到处是水，见到水我们就仿佛着了魔，不管是放学途中还是挖苦菜的间隙，只要看见水不由得就要往里跳。大人和老师也只能是睁一只眼闭一只眼，有一搭没一搭地强调一下，与其说是管我们，还不如说是应付一下他们自己的责任心。

我们这耍水看似随性，其实也是有自己的规矩的，相同的年龄和相当的游泳水平形成各自的群体，不会游泳的小屁孩先在农渠耍，农渠里的水只及自己的胸部或腰部，不会有生命危险。这个阶段主要是用两手支撑在渠邦，用两脚击水，练习动作的协调性，直到支撑的两手改为在水里刨动，两脚同时击水，人能浮起来，入门技能狗刨就练成了。这时就可以再夸大一下自己的技能，炫耀自己是一个会水的人了，此后也就有资格进入一个叫陕坝渠的支渠里，进一步练仰泳、自由泳、踩立水等更高级的技能。等到可以自如地横渡陕坝渠后，就达到了一个更高的级别，可以到旁边更宽更深的杨家河里一显身手了。记得我第一次横渡杨家河的时候，感觉河面是那样的宽，到了后半段疲劳伴着惶恐油然而生，湍急的河水让我游了一个很长的大斜线才到达对岸，同时体验了冒险的心跳和成为男子汉的自豪。

　　多年后回到家乡，看到杨家河原来是那样的窄，当初却承载了我们那样多的欢乐。

杨家河，一河乡愁流到今

这样的童年你有没有

六一是儿童的节日，当今浸泡在蜜罐里的儿童们快乐自不必说，我要说的是一些超龄到父辈甚至是祖辈的"儿童"们在网上忙得不亦乐乎，耍宠卖萌互祝节日快乐。童年很短，童心很长，因为无论是哪个时代的童年，都会给我们的心灵种下快乐的种子。说几个我童年的故事，不知你们有没有。

香蕉虽然是南方的水果，可是它的产量太大了，现在的北方可以说是一年四季水果店里都有香蕉，普通的如北方的苹果一样。可是，如果说有的童年距离能吃上香蕉还差十几年你们信不信？坐在我身边的弟兄一看就是个吃遍山珍海味的主，可是六一这天回忆起自己的童年竟然不知道香蕉是什么，直到去省城上大学，第一次见到了香蕉，拿起来连皮一起吃，同学捉弄他问："好吃吗？"他认真地回答："里面的挺好吃，外面的不怎么样。"

我小时候极爱看电影，公社里的简陋电影院放一场电影，电影票却要卖一毛钱一张，手头窘迫的我心痒难耐，感觉误一场电影会有无法弥补的缺憾。好在我有铁杆朋友小虎，小虎的父亲是队长，小虎又是家里的独生子，因此也算是村里的"官二代"加"富二代"了，买张电影票对他来说不是问题。于是，我一提供影讯，小虎必是积极响应。小虎的座驾是一辆由三脚架、车把、车座、脚蹬和两个轮子组成、看起来光秃秃的自行车，运转起来除了铃不响什么都响，刹车直接用脚踩在轮子上。胖乎乎的小虎把瘦弱的我驮在车大梁上，车子蹬得两耳生风。一次，月黑风高，他骑得太急，刹车失灵，我们一起冲入了路壕里……车子不可能有再烂的理由了，我们急匆匆爬起来，继续上路，幸福地冲向电影院。

盼望着，盼望着，六一儿童节到来了，可以穿一件雪白的衬衣。蓝裤子是做不起的，只能穿旧的，好在那个年代不论新旧衣服，除了蓝色也再没有其他颜色了。就这样，鲜艳的红领巾飘在胸前，还是很神气的，更令人兴奋的是满校园都是白衬衫，汇成了欢乐的海洋，感觉无比幸福。这时，我们会想到台湾的小朋友、万恶的资本主义社会的小朋友，他们还在暗无天日地做着童工，吃不饱、穿不暖，更过不上幸福的儿童节。

童年虽然缺少了点儿物质，但精神的快乐让我们回味无穷。

最香沙枣花

童年的时光，大人是用农历来过的。农历的三四月份，是一年中最难挨的季节，上一年储备的粮食、油、肉日渐减少，眼看就要见底，而田里的庄稼还是低矮稚嫩的小苗，离成熟收获还差得老远。这时，就听到大人们愁眉不展、唉声叹气地说："唉，干春气的日子真难熬啊。"于是，大人就自觉遵照"闲时吃稀，忙时吃干，平时半稀半干，杂以番薯、青菜之类"的伟大号召，仿佛是数着粮食下锅地精打细算地过日子。这可苦了我们这帮馋嘴的孩子，至今我都清晰地记着那个时期的山药（土豆）粥、苦菜稀饭、玉米面糊糊……虽然肚子饿得咕咕叫，即使在大人的呵斥下也难以下咽，含着眼泪的梦里常常出现二月二的猪头肉。

无精打采的日子最是漫长、无趣的，一日，忽然隐隐有一股扑鼻的香气袭来，昏昏欲睡的脑袋一个激灵：沙枣花开了。沙枣花开到最盛的时候，端午节就要来了，这仿佛给快要休克的肠胃打了一针兴奋剂，开始掰着指头数停滞不前的日子。

很快，日渐浓郁的沙枣花香转移了我们的注意力，沙枣花虽然很小，花骨朵的外表是不起眼的灰白色，可是四个小小的花瓣却绽放出亮丽的明黄，她们如星星般簇拥成丰腴的花穗挂满枝头，每朵小小的花朵仿佛有巨大的能量，吐露出醇厚的花香，一浪一浪冲击着荒凉的小路、困顿的村庄。难耐的孩子们成了沙枣林的常客，沙枣花香让他们再也等不到沙枣结果成熟，直接把一串摘了叶子的沙枣花塞到嘴里，以安抚肚子里躁动不安的馋虫。女孩子把一串串沙枣花夹到书中，书包里幽幽的花香成为少女美丽的向往。沙枣花香得浓厚而爽快，不需要你故作姿态手持画扇蹙着眉头细细捕捉，情感再粗粝的人远远地就能感受到她的醇香；沙枣花香得质朴而纯正，没有矫揉造作的脂粉气，任何人都能感觉到沁人心脾的陶醉。前段时间，在广州的街头，朋友让我闻若隐若现的玉兰花香，当时，我一下子就想到了开放在家乡盐碱地里的沙枣花，如果给乡村选个代表性的花，沙枣花就是我心中的不二选择了，真是"一花香十里，谁敢斗香来"。

终于等到了端午节，家家门窗上都要插艾草，有情趣的人家还要插几支沙枣花，艾草是传统习俗中用来避邪驱毒的，沙枣花则是现实中人们对美好生活的向往。

露天电影

晚上，忽然听到小区院里有"轰隆隆"音响的声音，凭窗俯瞰，竟然是一场露天电影，大概是文化部门响应上级号召，开展的电影进社区之类的公益活动吧，只是看电影的人寥寥无几，现在已不是露天电影的时代了。

"今天晚上要演电影了！"在那个没有电话、没有手机，耕地靠牛、点灯靠油的年代，演电影的消息却迅速地传遍了每一个村落，夕阳余晖下的村庄炊烟依旧袅袅升起，但今天的空气中却流动着兴奋和躁动。从田间归来的人们匆匆吃了晚饭，赶紧炒一锅豆子或瓜子，猴急的孩子们强等到不怎么烫手便急急地抓几把装到衣兜里，一溜烟向放电影的地方跑去。

银幕挂在一户人家房屋的后墙上，放映员不紧不慢地做准备工作：整理电线、连接发电机（为了不干扰电影的声音效果，发电机要放到很远的地方）、安装放映机、整理胶片等。我们一步步地跟着，感觉这是一个很漫长的过程。那时感觉放映员非常神气，什么时候放以及放什么电影都是他说了算。确实，在那个年代这个职业也不是一般人能干上的，像我们村的放映员就是村支部书记的弟弟。有一位同事小时候就曾立志要好好学习，争取长大当个放映员，结果这一学竟然考上了大学，最后当了领导，远远超出了当初的奋斗目标。

终于等到放映员启动了发电机，随着"隆隆"的响声，放映机上的灯泡亮了起来，我们的心情也一下子敞亮起来，这时沉得住气的大人们也陆续到场，银幕下已是黑压压的一片人。放映员这才拿起麦克风报了晚上要演的电影名，然后开始放映。放映是开始了，但要先加演几节《新闻简报》，感觉毛主席经常在接见西哈努克亲王，或者大寨每天在开辟梯田等。终于等到了放正片，其实也不是新片，主要是《地道战》《地雷战》《南征北战》《英雄儿女》或者是八个样板戏等。电影里的人物说上一句，我们就跟着接下一句，如"打一枪换一个地方""为了胜利向我开炮""老子在城里下馆子都不要钱，别说吃你几个烂西瓜"等，某个故事情节一出现，我们马上"剧透"后面的结果。我们最爱看电影中打仗的部分，其他的情节就不耐烦起来，特别是样板戏，不停地唱，让人等得实在是心焦。有一次看舞剧《红色娘子军》，里面的人一直跳舞，一句话都不说，我感觉好生奇怪，难道这些人是哑巴吗？每当遇到这种情节，有的小孩儿就打起盹来，只有等到枪炮声响起，特别是最后的决战，才一下子激灵起来，直到好人把坏人的头目一枪崩了或踩在脚下，取得了最后的胜利，我们也如同了却了一大心愿似的发出欢呼声，一场露天电影也就非常惬意地结束了。

后来，一批经典电影上映，如《洪湖赤卫队》《烈火中永生》等，对于我来说，那都是久闻大名的新电影，激动得等不上开演，就有一种满满的幸福感。记得放《孙悟空三打白骨精》，每个生产队都要争着放，没办法一晚上在三个村子轮流各放一场，孩子们跟着放映队跑场子看了三场，直到黎明。

后来，虽然有许多新片上映，但电视也逐渐走入寻常百姓家，坐在家里就能看到一个全新的世界，电视连续剧《霍元甲》《上海滩》牢牢地把人们吸引在电视机前，露天电影不知不觉远离了人们的生活。

今天，露天电影忽然呈现在眼前，我不由自主地下楼来到小区的露天电影场，银幕悬空挂在车棚下，单薄地在微风中抖动，银幕前稀稀落落地坐着几个中老年人。放映机是数字的，旁边没有当年整理胶片的放映员，更没有黑压压的人群和等着看打仗场面的躁动的孩子们。我如同一位过客，绕了一圈便又回到了楼上。

乡情篇

父亲的背

童年的时候，河套地区大面积种植小麦，麦垛堆满了生产队的场面，及时地打小麦上交公粮成为头等大事。

打小麦用河套的土话叫打场，是个技术活，所以要挑选技术好的农民，父亲就是其中之一。由于这是一项重要工作，所以待遇也非同一般——中途休息的时候，生产队会提供一袋子西瓜。有了瓜，就会出现我们这帮馋嘴的孩子，每到休息吃瓜的时候，我们就假装找自己的父亲，腆着脸凑过去蹭瓜吃。

打麦场真是童年的乐园，被石头磙子碾轧过的麦草发出黄灿灿的光泽，柔软得像缎子一样堆积如山。过完了"瓜瘾"的我们冲入麦草堆里翻跟斗、捉迷藏、爬山，玩儿得不亦乐乎，一直等到大人收工跟着各自的父亲回家。

我和父亲回家的时候已是繁星满天，别人到收工的时间扔下工具就走，父亲却要做收尾工作。作为中华人民共和国成立前全村唯一的省立师范学校的学生，父亲曾有意气风发的青春时光和不可限量的美好前景，命运却让他辗转一圈后回到村里成了被改造的对象，岁月的磨砺已经让他成为一个地地道道的农民。

最后一个收工的父亲背着我走在崎岖的小路上，远处的村里亮起了星星点点的煤油灯火，寂寥的旷野只有我和父亲。我搂着父亲的脖子，依偎在他的背上，看着满天星斗，有一搭没一搭地问着奇奇怪怪的问题，父亲的回答如徐徐的夜风舒缓温暖，父亲的背如舒适安逸的摇篮让我进入了梦乡。此刻的父亲内心是幸福的，命运的悲惨、人生的屈辱都在九霄云外，脚下的路是坎坷的，他的儿子却有一个平稳安全的背正在做甜美的梦。

杨家河，一河乡愁流到今

幸福的时光

母亲躺在床上，冬日的阳光洒在母亲的身上，我坐在母亲的身边写文章，外面的世界寒风刺骨，我的世界温暖如春。

母亲八十七岁了，一直耳不聋眼不花，不论寒暑坚持晨练，践行着她锻炼好身体，不拖累儿女就是对他们最大支持的睿智理念。然而八月份的一场病打破了我们的错觉。我们以为母亲可以一直保持健康的状态，可是，现在她只能躺在床上，行走要靠别人的搀扶。我知道要强的母亲内心的痛苦和孤独，可表面上她是那样的平静。我知道她最想让我陪在她身边，星期天，我必须谢绝一切应酬，来补偿我平时忙碌对她的亏欠。人最大的幸福就是能充分认识到当下的幸福并有机会用心的珍惜和满足的享受。守着母亲就守住了幸福的时光，我要把这幸福的时光拉长、拉长……

十月一的寒风

从昨晚开始，"呼呼"号叫的寒风结束了往日的温暖，仿佛提醒人们十月一的到来。往年的寒风吹在身上，今年的寒风吹彻心扉。

总想停留在那温暖的日子，弟弟家里那间温暖的屋子，阳光温暖着床上的您，您温暖着我们这个家。我们忙完了工作，忙完了家务，总是不由自主地敲开弟弟的家门，直奔您的屋子寻求温暖。八十七个春秋让您有点儿累了，虽然您躺在了床上，但两鬓斑白的我们还如同当年贪玩儿回来要吃要喝的孩童，向您寻求心灵的依托。

2016年1月23日我写到："母亲躺在床上，冬日的阳光洒在母亲的身上，我坐在母亲的旁边写文章，外面的世界寒风刺骨，我的世界温暖如春。"总以为，我能把这温暖如春的时光守得那样真切、那样牢固。

2016年10月16日我写到："您还是轻轻地哄着我们温暖地进入梦乡，轻轻地离开了我们，不让我们担惊受怕，以最安详的姿态告诉我们您也睡着了。我们始终没有走出梦境，梦游一般被各种讲究、仪式牵引着举办了一个葬礼，我们总感觉您还在那张床上为我们守望着温暖的日子，忙完葬礼我们还会回到您的身边，围绕着您谈天说地，讲童年的趣事。二七忌日，上坟前我们兄妹又集中到了弟弟的家里，可床是空的，但我们还是没有从梦中醒来，因为天气还是那样的温暖，您应该还在哪个地方等着我们。"

十月一的寒风吹走了昨天还在的温暖日子，大街上人们忙碌着买纸钱为亡故的亲人送寒衣，我的心开始渐渐冰冻，我温暖的日子真的要永远逝去了吗？这个寒冬我将怎样渡过？

清明，你去踏青，我去倾诉

从我懂事起，每到清明节这一天，母亲蒸好了作为供品的素包子、大馒头，父亲用白麻纸剪好了纸钱，带着这些供品、纸钱和香火走在前面，后面跟着哥哥姐姐们和我。我们出了村庄，沿着乡间的小路走上了田埂，沿着田埂走向田野深处，这里有我家的祖坟，祖坟里是我们没有见过面的爷爷、奶奶。

"清明时节雨纷纷，路上行人欲断魂。"可是我觉得清明上坟并不是一件悲伤的事，只是必须要进行的一场仪式。冰冻的大地已经复苏，青草探出了尖尖的脑袋，发出清香。父亲带领我们一边进行着祭拜的程序一边告诉我们该怎样做，不经意间总要说起爷爷、奶奶的故事和家族的历史，甚至是他也不确定的传说，一切是那样的平静，我们也是有一搭没一搭地听着，总觉得每年都有父亲在，我们只是跟着就可以了，不用操那么多的心。

总以为清明节就这样平静地过，然而这样的平静是没有永远的。当我们第一次面对没有父亲带我们去祭拜的清明节时，当父亲也成为我们的祭拜对象时，巨大的失落伴随着无尽的悲伤。父亲当年示范的身影历历在目，父亲追忆的话语犹在耳边，我们才真切地感受到饱经沧桑的父亲在他平静的外表下面也有着无尽的思念，他那么重视清明节，原来是要倾诉自己的思念。

去年的初冬，母亲也到了另一个世界，我对今年的清明节更是有了一个期盼，幸福的人清明节要去踏青，我急迫地等待着要去倾诉心中的思念。

母亲的话语在耳边

背井离乡参加工作，遇到的第一件事就是得自己做饭。那时的哈腾套海苏木就像一个小村庄，几排破旧的平房囊括了所有的机关，家属房也是能数见的几栋，连接建筑物之间的便道早已被流沙埋没的没有了踪影。当初有一首歌叫《被爱情遗忘的角落》，这里还被公共汽车、邮电所、饭店、菜市场等遗忘，吃饭是我面临的最现实的问题，自己动手做饭是最有效的措施。

在家里有母亲的操持，锅碗瓢盆与我毫不沾边，第一次做饭是关起门来的，能不能做成功还是个未知数，免得别人看到笑话。奇怪的是，每一个程序和步骤仿佛都有母亲在耳边提醒，我有生以来做的第一顿饭竟然顺利地完成了。

小时候的黄土屋是大铁锅连着一盘大炕，案板就放在炕沿。我们在炕上玩儿，母亲在地下忙碌着一大家人的饭菜，她一边做饭一边告诉我们做饭的要领，口头语就是：谨记住，等油热了再放葱……谨记住，炒茄子时倒点儿醋或放点儿柿子颜色就不会黑……谨记住……我们感到好笑，这和我们有什么关系啊，于是把这唠叨当作了耳旁风。可母亲说："你们迟早要离开这个家，在外面什么事遇不到？说不定就用上了。"于是，不论是做饭还是其他活计，或是面对什么事，母亲总是用"谨记住"来言传身教，渐渐地潜移默化地灌入我的耳中。

走上社会，难免会遇到人际冲突，这时，仿佛听到母亲在说："要想公道，打个颠倒。"

遇到挫折，意志消沉的时候，耳边就会响起："男儿没刚，不如一把粗糠。"

面对利益取舍时，"十分聪明用七分，留下三分给儿孙"让我理智清醒。

……

母亲没有上过学，她有的只是朴素的是非观。当我们批判"孔老二"的时候，她依然说："谨记住，老古人说下的没假的。"她不知道，这"老古人说下的"，就是今人动辄要挂在嘴边的国学。

衰老的母亲靠在我的身上，我抱着母亲，感觉这种温暖可以永恒。这时，耳边听到母亲在轻声呼唤我的名字，声音是那样的真切，直到把我从梦中唤醒。母亲，您是不让我沉溺于思念的悲伤中吗？此刻，我多想再听一句"谨记住……"只一遍，我就会牢牢记住。

谨以此文献给母亲节，祝天下母亲安康快乐！

杨家河，一河乡愁流到今

清明三题

一、清明，踩出一条悠长的路

小草从解冻的土壤中探出了尖尖的绿叶，柳树柔软起来的枝条发出了鹅黄的嫩芽，思念也从心头悠悠升起，思念的节日——清明也就到来了。

跨过门前的水渠便出了村庄，父亲走在前面，他的几个孩子依次跟在后面，还没有开始农忙的田野里，留下一串清晰的脚印，弯弯曲曲，向田野深处延伸。

田野深处有我们的祖坟，祖坟里埋着我们的爷爷、奶奶。我们不知道被一座土丘阻隔的爷爷、奶奶长什么模样，只能听到父亲讲他们的故事。在父亲未懂事时爷爷就离开了他，奶奶也只有童年的记忆，然而，一年又一年，父亲还是在清明时，在爷爷、奶奶的坟前给我们讲述着他们的故事。

年复一年的清明，就是母亲早早地蒸好贡品，父亲剪好纸钱，一串清晰的脚印踩出一条弯弯曲曲的悠长的小路，通向田野深处。

我们从没有想到，从某一个清明开始，我们领着我们的子女，走在这条悠长的路上，给他们讲爷爷、奶奶的故事，这时，我们才感悟，表面平静的父亲，心中的思念之痛如田野上踩出的无数脚印，年复一年，刻骨铭心。

二、清明，一朵绽放的马莲花

我们兄弟姐妹八人平时各奔东西，各自忙于生计，即使春节也不能齐聚。但是，清明时节我们都来了，怀着相同的情愫，追思我们的父母、我们的先祖。

今年的清明是被强劲的寒流送来的，骤降的气温倒在其次，弥漫的风沙晦暗了天空，也晦暗了心情。前往祭祀的路上，少了同胞相聚的欣悦，话题都是在那个特殊年月父母经历的艰难和屈辱，特别是年岁居长的哥姐们，那种深埋在心底的痛至今无法释怀。

祖坟选在干燥的山坡上，大家怀着伤感的心情忙着擦洗墓碑、摆放贡品。这时，不知谁惊叫道："快看，这儿有一朵马莲花。"只见父母的坟前，一朵淡蓝色的马莲花凌风绽放，虽然透过重重尘霾的阳光很微弱，但在花瓣上反射出亮丽的光彩。

清明应该是草芽萌发的季节，是"草色遥看近却无"的状态，印象中马莲花更是要在五六月份才开放，一般是由长长的兰叶簇拥成一大丛，花朵卓然挺立在绿丛中。而这朵马莲花无须绿叶的陪伴，早早地在清明，在干旱的土地上笃定地绽放，焕发出慈爱的笑容等待着我们。

马莲花天性清雅美丽，却不择土地的贫瘠、盐碱、干旱和气候的恶劣，有一份阳光她就更亮丽，有一丝湿润她就更水灵，有一点儿养分她就更苗壮。这朵马莲花没有一片给她提供光合作用的叶子，没有滋润她的清流，却开放得那样坚定、那样明亮、那样美丽。她的心中大概只感念天地的恩赐，没有对环境的挑剔，更没有对际遇的抱怨和哀叹，她把一切的艰难困苦都化成了美丽的绽放。

有人说清明节迷信的色彩更浓一些，我不这样认为。在社会文明快速进步的今天，人们之所以对清明的重视程度越来越高，是因为清明更是一种精神的传承，我们追思父母，追思他们的养育之恩，更追思他们顽强不屈、乐观向上的精神，在看不到一丝希望的年代，他们承受着强权的压制，经历着无尽的磨难依然一路向前，他们坚信我们能够开出理想的花朵。

今天，我们走出了那个年代，却没有走出内心深处的阴霾。清明，一朵绽放的马莲花照亮了我们心灵的角落，昭示着我们的人生该如何绽放。

三、又见马莲花

人间的思念终有相见的时刻，阴阳两隔，思念倾诉只能是对清明的期盼，今年的清明更多了一分惦念。

一进墓园，三朵盛开的马莲花如久别的亲人向我们展示慈爱的笑脸，大家围过来，喜不自禁："马莲花又开了，马莲花又开了！"一颗悬着的心放了下来。

早些年，祖坟迁至一个高高的山坡上，因地势高，土壤非常干燥，温度也要比平原低一些。去年清明节，我们惊异地发现，在父母的墓前，一朵马莲花在没有叶子为她进行光合作用提供营养的情况下，独自凌风绽放。马莲花一般是在五六月份开放，虽不择土壤和环境，但也需要生长在低洼平坦、有一定湿度的地方。四月初绽放的一朵马莲花驱散了我们心中的阴霾，昭示了我们该如何绽放人生的花朵。

虽然我们给马莲花浇了水，但是今年没有去年清明前长时间持续的升温，马莲花能否和我们在清明相约，大家心里都有一种不约而同的惦念。三朵马莲花回应了我们坚定的信念，心中有春天，花朵就会绽放在眼前。

清明的思念一起，马兰花就会绽放满园。

文字的力量

　　从中国大陆最南到最北去看一个没有见过的人以及这个人介绍的没有听说过的地方，听起来是一件不靠谱的事情，家人不放心地问："你见过这个人吗？这个人是干什么的？这个地方你以前了解吗？"回答一律是否定的。然而，在家人不解的目光中，大家还是义无反顾地来了，虽然路途遥远到打折机票往返还要三千多，虽然清晨就要起来在广州熙熙攘攘的人流中赶往白云机场，中午三点多才能到达目的地，但大家还是兴致勃勃地来了。

　　如果说这是普通的会网友，那你就错了。一切邂逅都是"蓄谋已久"，2015年11月16日，一个神奇的人让素不相识的我们走到了"我就喜欢写"的微信群里来，从此，虽然远隔千山万水，但我们每天用文字讲述着心灵深处的故事，近九个月的时间，虽未曾谋面，但我们早已成为走入内心深处的朋友。飞机上虽然看到黄沙漫漫，但大家相信那个人故事里的绿洲和多彩的神奇世界的存在；大家因不知道那个人的长相而努力猜测，但大家知道他有一颗和文字一样纯净的心。此行从不担忧是否冒险，只是一心寻找人生的奇妙与美好，因为大家相信文字的力量。

　　纯净的心灵邂逅了纯净的热土，感动和温暖便是自然发生的。沙漠的雄浑、湖水的清秀、峡谷的梦幻、草原的辽阔因人的善良好客而更加美丽难忘。当地领导的热情相助，瓜农的厚道赠送，卖苏蓉的大姐、卖牛肉干的大婶给我们比给当地人还优惠的价格，时时处处充满着纯朴和热情，温暖着每一颗心。此刻，仿佛自己就是一个高原的孩子，醇香的羊肉、飘香的奶茶如久违的深藏心底的美食，是那样的顺口，一山一水，一草一木都是那样的亲切、那样的美好，恨不得用一张张相片让它成为永恒的记忆，用一篇篇美文把这大美大爱传向四面八方。

六天的时光是短暂的，你们因碛口的温暖和感动而不舍，碛口因你们发现她的美、热爱她的美而依恋。此刻，我们难舍难分，相拥而泣，这奇妙的缘分、真挚的情感皆因文字。这时，我想起林景新老师为我们建写作群时订的一条规则：从这一刻开始，希望你们所有人能成为彼此的朋友，你们可以添加彼此，互相鼓励，互相关注，让陌生人的爱与鼓励成为你以后人生路上前行的动力。

是的，我们要一直互相鼓励地走下去、写下去，因为我们相信文字的力量，感动于文字的力量！

家

今夏的天气确实异常，连续闷热了十几天，老天爷一变脸又是强降雨，一夜之间就要把全年的雨量降下来。雨情提前预报，防灾尤为重要，于是我们接受社区的任务，承包了几户危房户。

承包的危房是二十世纪六七十年代建起来的土坯房，面积很小，也就是三五十平方米，倒是位于城区较中心的位置。我们敲响一家摇摇晃晃的院门，很久，出来一个老太太，当我们通过社区干部了解到她几个儿子有新房时，就告诉老人家，晚上要下大雨，劝她还是搬到儿子家去住吧。老人家看起来非常善良开通，很爽快地答应了。

晚上的雨正如预报的一样，下得人心焦。天还蒙蒙亮，我们就进入危房区查看灾情，走到老太太家，看到大门从里锁着，明显还在住人。我们急切地摇晃大门，出来一个中年男子，原来是她的儿子来陪老人住，低于巷道的院里已积了很多水。我说："你母亲不是说好的要搬吗，怎么没走？"中年男子没有回答我的问题，只是说他来陪母亲住，帮助排院里的积水。我们只好在巷道里疏通了一条排水沟，帮助他把院里的水排出去。

干完活往出走的时候，回首看到这些陷落在地平线下的房屋，我的心里不是个滋味。这时，不知谁说，这些房屋当初在那个年代也是好地段的好房子。这时，我仿佛看到那个年代崭新简朴的院落，父亲年轻，母亲美丽，三五个孩子活泼可爱，一个团圆快乐对未来充满希望的家……可是眼前，母亲已经老了，破旧的房子也空了，有一个孩子能够在风雨中来陪伴，母亲大概也感到十分的温暖。

友谊篇之王哥

　　王哥十四五岁就从北京来我们这里的兵团下乡了，和陈佩斯是一个团的战友，后来返京到机关工作。可是王哥既没有他战友的星光闪烁，也没有和他的机关相匹配的派头，把他搁在我们这小地方的人群里，充其量也就是个工人岗位上退休的小老头。

　　认识王哥还是在二十世纪末庆祝北京军区内蒙古生产建设兵团成立三十周年的活动中，当时我在县委办公室，负责参与这方面的活动。大批京、津、浙、苏等地的知青怀着深厚的感情和激动的心情回到第二故乡，王哥也是其中之一。由于他所处的机关地位，活动过后自然成了我们领导单独接待的座上宾。席间看他不喝酒、不善言并且局促不安的样子，怎么也不像个大机关见过大人物的人。我倒是看到了他和我相通的一面，对他说："下次来，我们不惊动领导，你想去哪里我带你去。"从此以后，我们成了朋友。

　　第二年我去北京办事，王哥陪着我，总是抱怨"北京有什么好""到哪儿都人多""和内蒙古没法比"。

　　之后大概有十来年我们再没有联系，一天忽然有一个陌生电话，熟悉的声音告诉我，王哥来磴口了。我要陪他，他总是怕影响我工作，我只能在下班的时间和周六日陪他走走，吃当地的小吃。其余时间他就到过去的团部和连队看看，到留在兵团（现在已改为农场）的战友家里坐坐。他总是感慨过去的大沙丘没有了，树林没有了，对每一种饭菜都觉得香甜，总是说这里比北京的饭菜实惠、合口。从此，每年夏天的休假，王哥唯一的目的地就是磴口，活动也是重复的。我感觉他只要是在磴口，即使待在房间里也十分舒坦。这里也有举办大型的知青返乡活动，但是他不愿意参加，只是一个人来，一个人走。

这几天，国庆假期的车票紧张，我忽然想到了王哥，想着说不定他们机关有特殊渠道，结果王哥说："过去是有，现在没了，我排队给你买吧。"

"哥，别折腾了，我从网上一查，什么问题都解决了，不用费那劲。"

我知道，如果不说，即使是披星戴月他也会去排队的。这就是王哥，我的朋友。

友谊篇之张兄

张兄是我电大同学，我们上的大学是成人脱产班，班里同学间的年龄差距很大，有个同学整整比我大了一轮。张兄也算比较大的一位，他是我们班里唯一一名党员，自然也成了我们的班长。张兄行伍出身，平时不苟言笑，感觉一身正气，大家都对他很敬重。

我们学的专业是汉语言文学，培养方向是语文老师和义秘，所以同学们大部分来自教育系统或是行政单位的文秘，唯有我是一奇葩——来自大漠深处卫生院的药房，同学们开玩笑说卖药的也来学文学。专业对口的单位都给报销学费，而怀着文学梦跨界求学的我是自费。钱少、年龄小、地处偏远加上内向的性格，我就是班里默默无闻的一个边缘角色。这时，我感觉到唯一关注我的就是张兄。

二十世纪八十年代的电大也许是把关最严的学校，任课老师不出题，更没人给划重点，整本书每个角落都有考的可能，并且有严格的淘汰制度，听说还有因考试不过关自杀的，所以，刚入学的我们心里没底，每天学到深夜还是战战兢兢。第一次期末考试，我们都有一种如临大敌的阵势，考写作课前，张兄过来给了我一块巧克力，他也吃了一块巧克力，说可以缓解紧张情绪。结果我的写作课过了，张兄的挂科了，第二学期还得补考。我的心里感觉非常愧疚，甚至责怪自己吃了那块大的巧克力。

我刚毕业父亲就去世了，紧接着是结婚成家，我感觉非常的无助。结婚时由于大家都忙于同样的事情，外地同学大部分都是互相带礼，人顾不上来，可是张兄风尘仆仆地来了，而且上了比当时标准高的礼，那种温暖至今还在心底深处涌动。

后来，我的状况逐渐好起来，有一次去看张兄，看着衣冠楚楚的我，张兄欣慰地笑着说："有点儿领导的派头了。"张兄的性格很耿直倔强，有些事情他认为很世俗，坚决不认可，所以后来同学们的很多活动他也不参加，渐渐的，见他的机会也就越来越少了。

很久没见张兄了，今天想起了他，耳边想起了臧天朔的《朋友》："朋友啊朋友，你可曾记起了我。如果你正承受不幸，请你告诉我。朋友啊朋友，你可曾记起了我，如果你有新的，你有新的彼岸，请你离开我，离开我……"

友谊篇之白老师

我刚参加工作是在乌兰布和沙漠深处的一个叫哈腾套海的牧区公社（现在叫苏木），整个机关和家属房加起来就像一个小小的村落，不通班车，没有邮电所，没有电视，照明电也是来三天断两天，人们唯一的精神寄托大概也就是喝酒了，而不善饮酒的我的精神寄托就是几本文学书刊和幼稚的文学梦，因此，孤独像影子一样伴随着我。

一天，我在自己工作的药房里闲着没事，埋头看一本文学刊物，这时白老师正好来取药，看到我看的书很是惊奇，三言两语我们便找到了共同语言，谈得非常投机。原来他也是一个文学爱好者，年轻时曾经有一篇小说，自治区文联主办的刊物《草原》要刊登，但由于家庭历史问题政审没通过，没刊登成，成为一件憾事。那个年代，对于一个文学爱好者来说，自己的作品变成铅字是多么美好的愿望啊。

此后我们成了忘年交，我下班没事的时候就去他家谈文学，互相交换书籍。白老师和他的妻子张老师两个人性格都是大大咧咧的，家里收拾的也是大大咧咧的，也许是受了文学的影响，两个人对名利看得很淡。我在他们家里无拘无束，常常坐到很晚。有一次深夜从他家出来，正赶上沙尘暴，伸手不见五指，我顶着狂风，先摸到公社机关的墙角，定好方位，才摸黑回到了卫生院。

后来，我们相约报考了汉语言文学专业，只不过他上了教育学院，我上

杨家河，一河乡愁流到今

了电大，我们同一天扛着铺盖卷到七八里外的车站坐车到县城，又在火车站附近一个简陋的招待所住了一晚上，第二天才坐火车到了学校。搁现在，这段路开车也就是两个小时的事。那年我二十，白老师四十。

毕业后我留在县城当秘书，白老师继续回沙漠深处的学校教书。有一次我下乡去白老师家，他家已盖了新房，夫妻俩都涨了工资，本来就看淡一切的他现在的状态更好，只是让我惊奇的是，原来反对白老师喝酒的张老师也变成了海量，夫妻二人有几个固定的酒友，经常在他们家聚，更是有了"竹林七贤"的散淡人生。而我也在用公文挣口粮的状态中远离了文学。

后来，白老师在县城买了房子，孩子的工作都有了着落，这样他们就更满足了。一天，我忽然接到张老师的电话，说白老师因病去世了。等我匆忙赶到时，见到的只是挂在灵柩前的相片，笑容依然是那样的散淡、快意。

友谊篇之其

其是我的小学同学，那个时候农村的孩子因要带下面的弟弟妹妹，大部分上学较晚。我和其是适龄上学，因此是班里最小的，也是成绩最好的，很受老师宠爱，就成为同桌坐到了中间最前排，我们也因此成了最要好的朋友。

其长得很可爱，瓜子脸饱满细嫩，是家里孩子中最小的，娇惯有加，说话有时还能带出幼儿咬字不清的萌萌的腔调。因此，大同学觉得他好玩儿，整天逗他，甚至会来点儿小恶作剧，直到他"哇哇"大哭，大家才开心大笑，再哄他直到不哭。

我们上学的时候是"文革"后期，虽没有了停课闹革命，但开学了课本没印出来是常事，因此学习没有一点儿压力，就是语文、算术两门课，玩儿的天性没有受到压抑。我和其除了课下疯玩儿，课上我们也偷偷交换欣赏互相的珍藏，我最能拿出手的是积攒零钱买的小人书，其的条件好一点儿，有各种各样的玩具。一天，其从书包里掏出几张大白纸，上面贴满了花花绿绿的邮票，都是革命样板戏里的人物，杨子荣、李玉和、郭建光等都是我喜欢的英雄人物，其很豪爽地说："送你吧。"

二年级毕业，我们学校所在的大队一分为二，学校也一分为二，我和其这一对最纯真的朋友也被一分为二。那段纯真的友谊、快乐的时光，还有其童真的模样伴着漫长的岁月积淀到我内心的深处。当我第一次知道集邮的概念时，一下子想起了其送我的几大张邮票，也产生了好奇，他也是农民之家，怎么有了那几大张邮票呢？

今年，去井冈山参加一个学习班，学员来自全市各单位。我拿到学员名册后，看到了其的名字，第二天上课，我满教室扫视，没有发现其的影子，课间休息时，发现原来我前面的桌签上就赫然写着其的名字。上课时，回来了一个又瘦又高的中年男子，年过半百的沧桑是必然的，关键是看不出其当年一丝一毫的影子，简直是判若两人。当我们相认后，我还是忍不住说："你瘦多了。"其说："没有啊，我一直就瘦。"我发觉我们的所指不是一个点。太久的分别，突兀的相遇让我们终是没有再能深谈的契机，邮票的话题更是无从谈起，其实，那些珍贵的邮票早已和我蒙昧的童年一起消逝，只是它还一直记在我心里。

往日时光

一、自行车

中国是自行车大国，据说，进入二十世纪六十年代的时候，磴口县城里的老百姓还少有自行车，印象中只有一名老中医骑着一辆自行车，那种风采和他的医术相得益彰，令人羡慕。现在想来，那时的自行车比如今的宝马、奔驰不知要神气多少倍呢。进入二十世纪七十年代，自行车成了普通老百姓的奢侈品，和缝纫机、收音机、手表并列为结婚时女方要求男方置办的"四大件"，然而，真正能备齐"四大件"的殷实人家并不多。我家在二十世纪七十年代举全家之力攒了点儿钱，通过在商业批发站工作的堂兄"走后门"，买了一辆红旗牌自行车，当时喜悦的心情远比现在买一辆小汽车要强烈。我们请了邻村四川籍的匠人用黄色的塑料彩带把车架严严实实地裹起来，倍加珍惜。一天晚上，我偷偷地把车推出去练车，摔倒了把连接脚蹬的腿（俗称"鸡腿子"）碰弯了，吓得偷偷地推回来，一晚上忐忑不安，仿佛是一个隐匿了滔天罪行的逃犯。

进入二十世纪八十年代，我仍然可以体会到自行车的珍贵。那是上大学的时候，学校在郊区，到市区要走很长的一段土路，没有公交车。我们班有个从牧区来的大头家伙，一看就像大户人家的儿子，熟悉后果然得到印证——他家有很多羊，却只有他这一个宝贝儿子。全班也只有他有一辆崭新

杨家河，一河乡愁流到今

的自行车。因此，这个家伙在女生面前更是神气活现。每到周末，常常有美丽的笑脸向他表达借车的愿望，遗憾的是整整三年，他满足了全班女同学借车的愿望，却没有一个女同学满足他的愿望。

当自行车不再成为奢侈品的时候，就成了我们生活中的必需品，每个人上班、上学等都离不开它，特别是于我，自行车伴随的时间更长。进入2000年，人们都买了摩托车，我家还是自行车。一次，单位一个年轻同事说："你们这么大年龄了还那么浪漫，用自行车驮着嫂子逛街。"那是因为我家买不起摩托车好不好，在别人眼里倒成了一道怀旧的风景线。

就这样，为我服务的自行车最终还是把自己的使命直接交给了小汽车，因此，我到现在也不会骑摩托车。我刚考上驾照时，开车上路老是发怵，往往是汽车停在院里，骑着自行车到处跑。慢慢地，自行车还是恋恋不舍地离开了我，成为日渐遥远的回忆。

二、乒乓球

2003年一场"非典"过后，全民掀起了健身热，我们一帮同事也不甘示弱，形成了乒乓球爱好者的小群体。我们大部分是从零基础开始练的，但接触乒乓球后一下子进入了狂热状态，每天一早一晚和星期六日全部用来练球，从发球、推挡开始，逐渐的能起拍扣杀一下，便为自己的进步欣喜若狂。

球技有了一点儿进步就想找机会比试一下，单位有个叫老乔的，是个体育迷，我们还没入门的时候，他已经可以把王皓、王励勤、马琳等球星的个人轶事和打法特点说得头头是道，唬得我们一愣一愣的。不过他也就止于理论，实际操练上远没有我们的热情。他老调侃我不规范的动作，却把他自己更怪异的动作自诩为"怪球手"，我俩互相不服。这时，跳出一个老刘火上浇油，鼓动我们比赛，于是我和老乔定于下午下班后在机关事务局的活动室摆起擂台，输者在饺子馆请客。老刘自告奋勇当裁判。第一天当然是我大比分赢，老乔自然请客。第二天，老刘在中间调停，让我每局让老乔三分。我自恃"技高"，凛然应允。老乔不服，挥拍上阵，结果几个闪失，我竟然输在了这个所谓的"怪球手"名下，只好请客。以后，每到下午下班时间，老刘就不失时机地用激将法组织我俩进行一番厮杀，他对我们的热心关注和尽职尽责一度让我们感动，仿佛有了自己忠实的观众和粉丝。终于有一天，我和老乔在饺子馆里幡然醒悟，无论我俩谁请客，吃饺子的总有老刘！自此，我和老乔无休止的厮杀才终于偃旗息鼓。

三、组织部的年轻人

我在组织部的时候是二十世纪九十年代，部里有一帮生龙活虎的年轻人，大都是二十多岁，一个个或诙谐，或机智，或可爱，聚在一起总是有意想不到的桥段让大家笑声不断。那时，大家都是普通的组织干事，最多也就是个副科级组织员，有缘走到一起，工作上互相配合，生活中互相照应，彼此非常珍惜这段纯真、深厚的情意。记得在一起时，我们常说的一句话就是"苟富贵，无相忘"。当然，这是在酒酣耳热之际的妄语。

我们喝酒，最主要的形式就是"打平伙"。隔三岔五想在一起聚了，便每人出个一二十块钱，购置酒、肉、菜，到其中的一家炖一锅肉菜，或炖羊肉，或炖肉勾鸡。由于没有领导，酒喝的人恣意妄为，行遍了各种酒令，直到一个个颠三倒四，吆五喝六，再舒爽地享受那一锅肉菜，方在勾肩搭背、你送我我送你，在满嘴"苟富贵、无相忘"之类的豪言壮语中尽兴而归。

一次，在一个同事家玩儿猜火柴棍的游戏，我们客人坐沙发，他们小两口坐小凳，恰好背对衣柜上的镜子，他俩在背后捣鼓火柴棍，被我们从镜子里看得一清二楚，结果可想而知，最后临散场时，男主人豪气十足，拦着不让我们走，一定要让我们承诺第二天中午还来他家，因为锅里剩下了好多肉。最后我们感慨，这酒真是喝出了真性情。

还有一次我妻子坐火车去外地学习，恰好被也去送站的部里的司机看到，回来兴奋地一个个告诉"同伙"："嫂子出门了！"然后，大家都聚到了我的办公室，明显是即将爆发一场狂欢的节奏。那晚猜拳行令，开怀豪

杨家河，一河乡愁流到今

饮，差点儿把房顶掀起。第二天，邻居说："你从哪儿请回这么吃劲儿的喝酒的人？"我才发觉我们实在是扰民了。

现在，当年组织部的年轻人都进入了中年，一个个也小有成就，大家有时还会聚在一起，只不过是在饭店，饭菜也比过去丰盛了许多，但是大家总是在酒酣耳热之际，回忆起当年的"打平伙"，感觉那锅肉菜是那么香，那些趣事总是让人说个没完。

四、元旦联欢会

在县委办工作恰逢世纪之交的前后几年，工作紧张自不必说，除昼夜繁忙，还要求工作的水平和质量。关键是那个年代公务员的工资基本是原地踏步，机关经费也很紧张，因此干部的福利补贴微乎其微。物质的欠缺只能靠精神来弥补，于是我们提出了"清贫着并快乐着"的口号，大家齐心协力营造了那段快乐的时光。

最难忘的就是2000年的元旦联欢会，我们一改过去传统陈旧的打扑克、下象棋等形式，大胆地策划了一台自编自演的联欢会，全员上阵，各显其能，白天上班没时间就晚上排练。一天，一位年近五十的司机陪县领导下乡很晚才回来，把领导送到宿舍后，急急忙忙问领导："还有其他事吗？没事我就排节目去了。"司机一溜烟走了，领导半天没反应过来，原来坐在她身边开车的竟然是个演员。

就这样，我们纯业余的联欢晚会鸣锣开场了，没想到平时的秘书、文书、司机上场后一个个都变成了最接地气的笑星。虽然业余，但更自然、更贴近生活，就连忘词也产生了"笑果"。整个联欢会充满接连不断发自心底的大笑，这是任何专业的演员都达不到的效果。从此，我们的元旦联欢会一年又一年，并且产生了经典的小品续集系列。

多少年过去了，台上的演员大部分已各奔东西，演绎着自己的精彩人生，但只要聚在一起，总是回味着那段清贫但快乐的难忘时光。

往日时光

电大往事

一、男生宿舍

二十世纪八十年代的电大把关严是出了名的，记得有一届学生有一百三十多名，仅有六十多名在毕业典礼上按时拿到了毕业证，因此对于电大学生来说，刻苦学习是必需的。不过，对于我们男生宿舍来说，前半学期还是很愉快的，学习还没有完全加上劲，只要跟上进度就可以了。于是，大家上完了晚自习就开始卧谈，内容海阔天空：课程中的问题、时事新闻、趣闻逸事等，无所不谈，而我最感兴趣的就是"教授"们的授课内容了。

所谓"教授"，即宿舍里已婚的同学（我们是成人班），如出现两个，还要依婚龄选出正副，排出座次。这种"教授"讲授的内容就是对未婚同学进行青春后期教育的有关知识，其深度可是大大超过了中学的生理卫生课本。因此，宿舍里常常是除了高谈阔论，就是笑声朗朗，很晚都难以入眠。

到了后半学期，宿舍里的气氛一下子变得沉闷起来。为了迎接期末考试，学习日趋紧张，神经衰弱症像瘟疫一样流行开来，好多同学越睡不着越看书，越看书越睡不着，在教室里"开夜车"到一两点是常事。宿舍里的同学好不容易睡着了，又被晚回来的同学惊醒，只得度过一个不眠之夜。于是大家定了一个规矩：晚回来的同学不许开灯，不许制造响声。这样，开夜车的同学回来只好不洗漱、不开灯，做贼似的悄悄钻到自己的被窝里。

住在一个宿舍里，就仿佛是一家人，大家彼此非常了解，虽平时也有小磕碰，但结下的情谊是非常深厚的。临毕业时，宿舍里的同学恋恋不舍，留影纪念是难免的。有意思的是，照相馆给照片上写字时，把"同窗好友"写成了"同床好友"，留下了宿舍里最后一个笑话。今天，每当身心疲惫时，总想再回到宿舍，和室友们"同床共叙"，寻找当年的心境。

二、考古学家

同学们都把C称作考古学家，因为C年过三十还未谈婚论嫁，整日埋头于书本，对书本的钻劲是全班出了名的，对课本中每一个细小的问题都要考证一番。我们的专业课都是由北大的老师通过录音或录像讲授，然后由本校的老师予以辅导。上辅导课的时候，C总会向老师请教问题，刚开始的时候，一问一答还非常正常，不一会儿老师就开始挠头，下一步就该老师查资料了，最后，老师不得不带着几个难以回答的问题离开课堂，同学们都暗暗发笑。这一场面你只要在辅导课上注意观察，准能出现，同学们屡试不爽，已成为班里的一道风景。

毕业时，我给C的毕业纪念册上的留言是"书中自有黄金屋，书中自有颜如玉"。有同学说："你这是烟囱上招手，往黑路上领，还嫌他中毒不深啊。"

C性格比较孤僻，毕业后和同学们也没有多少联系。有一次，我到市（当时还是盟）里办事，走到影剧院附近，忽然想起C在这里上班，临时决定拐进去看看他。那时候，港台的武打录像风头正劲，电影滑到了低谷，影剧院也开起了录像厅，C就在录像厅把门验票。门里刀剑霍霍，杀声阵阵，门外的C专心致志地趴在一个小桌子上看现代文学课本。说实话，C原来是单位的司机，基础并不算好，在班里的成绩也一般，我以为他没有按时毕业准备补考，细聊才知道他已经开始参加后期本科的自学考试了，顿生敬佩之心。再后来，偶然在地区报纸上看到一篇介绍他的通讯，局里借用他开车去北京参加一个国际比赛，他竟然在一个场合给运动队临时充当了英语翻译。

受C的激励，我也开始了后本的自学考试，刚开始还能遇见C，后来就见不到了，一打听，人家已经考上了硕士研究生。那个时候的研究生还是很稀缺的，听说他毕业后到了大连或是广州。

在人心浮躁的年代，大部分人都失去了C的那种专心致志、矢志不渝的毅力，有谁还能静下心来翻好自己的那本书呢？

三、人生悲歌

Z是一名多才多艺的同学，由于他之前上过师范，所以书法、电子琴都很在行。他虽出身贫寒，但上进心强，事事不甘落后，总是用才华和勤奋不断改变自己的命运。

临近毕业的那一年，同学们最大的理想就是三证（结婚证、党员证、毕业证）齐全。Z已经在学校入了党，就他的成绩，估计顺利毕业也是没问题的，但是作为班里的大龄青年，爱情还没有着落，这让他很是不安。有时大家就用阿Q想传宗接代的心态来取笑他，因为阿Q的祖上也姓Z。要想成家立业，经济是基础，为了改变拮据的境况，Z实施了一项致富工程——买了一杆秤，利用暑假的时间，把乌梁素海的鱼贩到包头去卖。

开学见了面，同学们都以为Z成了暴发户，等着让他请客。谁知，Z算来算去，整整一个假期只赚了一杆秤。

Z在生意上不顺，在爱情方面还是很如意的。邻班一个文静善良的女孩子经不住Z的凌厉攻势，终于还是投入了他的怀抱。

毕业后，Z的努力也是很见成效的。先从原来的小学调到了教师进修学校，又从教师进修学校调到了宣传部。同学们经常可以在《巴彦淖尔日报》上看到Z发的新闻稿。大家都说，凭Z的才华和能力，将来的前途不可限量。然而，一次下班时，Z骑着自行车不小心被排球网挂倒摔到地下，竟永远离开了他热爱的这个世界。对Z的离去，同学们万分痛惜，一提起，总是像祥林嫂似的，反复叹息："真想不到，从自行车上摔下来，竟然……"

四、谁食我黍

说起电大的伙食也是一段难忘的记忆，菜品单调，质量不高，但价格高，为此，同学们还联合起来进行了几次罢饭斗争，没有取得根本性的胜利，反倒是遭到了报复。你们不是嫌菜贵吗，土豆连皮都不削，切成片清水煮一下，吃去，这菜便宜。大家恨得牙痒痒，但只能委曲求全，那时候大家兜里没几毛钱，到外面的小饭馆改善伙食也是一件奢侈的事。

班里有个同学个头、外形和我很相似，最易让人混淆的是我俩都有白发。一天，新一届入学不久的学弟加入了我们的文学社，请文学社的成员到他家吃饭，恰巧遇到和我相似的家伙在操场站着，就被当作我请去了。这家伙刚开始莫名其妙，面对饕餮盛宴果断地将错就错，替我大快朵颐。后来我找他算账，他竟一脸茫然，不知是真糊涂还是假糊涂，我真想踹他两脚。

临近毕业的那学期，学校的饭菜实在是咽不下去了，邻班有个同学带我去教育学院的食堂吃了一顿饭，我一下子发现了新大陆。教育学院的后勤主任L老师是个扎根当地的天津知青。L老师把伙食管理得非常好，饭菜品种丰富，价格低廉，每个学生的生日还要给煮长寿面。给我印象最深的就是这里竟然有猪肉烩酸菜，价格只相当于我们学校食堂的中档菜。于是我通过这个同学在教育学院买了饭票，在这里安营扎寨。班里的同学看到我每天去教育学院吃饭，一个个也跟着去品尝，然后便一尝不走。这样，去的人多了，竟然把教育学院的食堂吃砸了锅，真正的教育学院的学生反倒没饭吃。这一反常现象引起了L老师的警觉，最终发现是电大学生造成的。于是贴出告示，禁止电大学生打饭。但是我们依然厚着脸皮照吃不误。最后，他们开始清查，在打饭的队列里看到面生的就去盘问。有一个倒霉蛋被认出来，问他是哪儿的，这家伙镇定自若："教育学院的。""哪个班的？""政史班的。""你们班主任叫啥？""班主任……班主任出差了……"

一次，我偶然和一个后来入学的教育学院学生谈起他们的伙食，他竟然说非常差，我想，那个时候L老师可能是退休了吧。

归去来兮

　　我不是一个说走就走的人，但是，清明小长假的第一天，午夜十一点，我踏上了飞往北京的航班。

　　王哥走了，突然传来的噩耗让我始料未及。总以为今年七月、明年七月……无数个磴口的七月在等着王哥如期而至，谁知竟这样冷酷无情地戛然而止。

　　到了北京，都说我是王哥内蒙古兵团的战友，我没有经历过那段火红的岁月，其实我就是代表一个磴口人，一个被王哥无比挚爱磴口而感动的磴口人，星夜兼程赶来送他最后一程，或许能让无比的缺憾得到些许的慰藉。

　　再没有见过像王哥这样爱磴口的人了，十四五岁还属于少不更事的年纪，从北京来到磴口乌兰布和沙漠里的生产建设兵团，当年大多数人虚幻的热情在严酷的现实面前都跌入沮丧的低谷。他们也回来看第二故乡，也热爱第二故乡，但更多的是怀念自己的青春岁月，而王哥却把磴口融在了自己的骨肉里。

　　论王哥的工作条件，风景优美、气候宜人的疗养胜地可以随意出入，可是，不知怎样结下如此深厚的磴口情节，每年的七月份公休假，他雷打不动的行程就是磴口，不愿惊动官场，不愿过多地打扰朋友，感觉呼吸磴口的空气是那样的舒坦，吃磴口的小吃是那样的惬意，磴口的沙漠是那样地让他留恋，磴口普通人的生活在他眼里是那样的幸福。去年七月底，王哥来磴口，恰好我接待一批广东的朋友，没怎么好好陪他，走时也没能送他到车站，谁知这一别竟成永诀。

　　王哥，归去来兮，七月将至胡不归？

好人走好

朋友圈里愕然看到了这样一条消息："郑宝青，北大附中知青，曾下乡磴口协成公社，娶当地人为妻，后历任磴口党办秘书、巴盟盟委副秘书长、巴盟政协副主席，近日心梗猝死。"痛惜之余，眼前又浮现出一位久违了的老大哥形象：依然操着满口的京腔，容貌、性格却像内蒙古的汉子一样质朴、爽朗、豪放。

我认识郑宝青先生是到县委办公室工作后，那时他是盟委办公室副秘书长，经常有上下级之间的工作往来。因为磴口是他的第二故乡，所以每次我去盟委办联系工作的时候，即使和他分管的工作没有关系，只要听说我来，再忙也要陪我。有一次，他由于工作劳累上火，牙疼得厉害，可是依然陪我一起吃饭，劝都劝不走。我是一个不善交际的人，他也是个实在得不说一句客套话的人，这份热情就是对第二故乡的一种真情，现在想来心里都非常温暖。

更多地了解郑宝青先生还是通过磴口和他一起共事的同事们。作为一名北京知青，他在磴口下过乡，在县委办公室担任过秘书、副主任、主任，他的豁达、聪明和鲜明的个性成为磴口人的美谈。他是个多才多艺的人，据说，下乡期间曾当过赤脚医生，医术也到了可以拿手术刀的程度；会弹钢琴，兴之所至还能来一段京剧；烹饪也是高手，时不时就要把同事请到家里，露一手自己的拿手好菜。他最让人佩服的是写材料的文字功底了，据说，他下午接手第二天要交稿的大材料，晚上还照样喝酒，第二天一篇高质量的材料仍然可以如期交到领导手里，这简直就是我们秘书界的传奇。有人说郑宝青先生人品、才能样样出众，唯独"当官"方面欠点儿火候，但他凭着自己的"一支笔"功夫，官至副厅级，是组织对他的认可，也算是好人有好报吧。

其实，凭借他的才能和国家落实知青政策，他完全可以回北京工作、生活，可是内蒙古的辽阔与粗犷已经融入了他的血液，从盟政协副主席的岗位上退下来后，他还致力于河套文化的研究。他的品质和文化底蕴也营造了一个幸福的家庭。他的妻子是巴彦淖尔市计划生育方面的技术权威，女儿考入国内顶尖名校，后出国深造，有自己光明的发展前景。本以为有丰富生活情怀的郑宝青先生退休后的生活会有另一种精彩，谁知天妒英才，让人扼腕叹息。在这里只能献上真诚的祈福：好人走好！

遗失在时光里的光盘

十八年前单位的元旦联欢会，县电视台来了记者，准备做个常规的简讯报道，谁知联欢会的内容一直吸引着这位记者做了全程录像。其实，这台联欢会不论是从时间上还是编创人员上，都是匆忙而业余的，那时我们在县委办工作，平时特别忙，甚至是节假日也不能休息，临近元旦，一次加班吃工作餐时，有人提议说："我们办个热闹的元旦联欢会放松一下吧。"大家一拍即合，群起响应，立马成立策划小组投入工作，各尽其才，分工负责。

记得当时忽然触发灵感，我利用中午午休时间写了一个喜剧小品《毛驴的故事》，通过一对老夫妻对毛驴的态度和毛驴在人们生活中地位的变化反映了十一届三中全会以后的时代变迁。还有一位秘书写了一个反映秘书常常加班到深夜引起妻子怀疑的小品……当然，我们策划组只是有限的几个人，有些创意是保密的，要追求出乎意料的效果。

由于白天没有时间，排练只能在晚上进行，虽然大家没有一点儿表演经验，但非常卖力，对于分配的角色都是欣然接受。特别是《毛驴的故事》，为了追求喜剧效果，采取了角色的反串或形象反差的手法，由于效果好，连续两年元旦演出了系列剧。第一集由一名瘦小的司机饰演老汉，一名胖的司机饰演老婆儿；第二集由一位矮个帅哥饰演老汉，由一位高个帅哥饰演老婆儿；第三集由一位女文书饰演老汉，由一位男秘书饰演老婆儿。我们没有请专业人员辅导，每天自编自导自演，排练到深夜，在很短的时间内按照自娱自乐的标准定位把节目排了出来。

演出的时候，我们充分体现出来业余的无所顾忌，老汉的服装是生活中的中式棉袄，老婆儿的服装是借用乌兰牧骑的彩旦装扮，反串、反差的演出效果，甚至是演员忘词时的窘态、憨态，让人笑得一塌糊涂。还有我们的秘密包袱：先选几个大胖子上台，然后宣布这是一期即将结业的舞蹈班学员做会报演出，由机关事务局一位舞蹈演员出身的美女为他们示范一个舞蹈动作，然后，舞台上一个个憨态可掬的"肥鹅"相继登场，摇头摆尾，搔首弄姿，引得满场爆笑，热闹非凡……整个联欢会就是这样一个效果，全员参与、全场互动，引得记者的简讯镜头变成了整场摄像。

从此，元旦联欢会成了县委办出彩的保留节目，那个时候摄像用的还是磁带，但也有了光盘，我把带子里的资料转刻到光盘里，又把后几期县委办的联欢会部分资料整合进去，准备将来给同事们留作纪念。但那时以为时光永远是芳华，将来在很远的地方，因此搁置的不仅是行动，更是把光盘也搁置到了时光里。近日，有同事在微信群里晒出了联欢会的片段资料，那发黄的背景、那发型、那服饰、那逝去的青春面庞，甚至是部分人一头浓密的头发，浓浓的年代感牵动了深埋的心弦，大家急切地想找回当年的那段时光，可是那段时光刻在了我的光盘里，而光盘遗失在了时光里，问刚刚流逝的春天，问翩翩而至的初夏，你们见我的光盘了吗？

137

北京北京（一）

每一个中国人都有一个北京情结，每一个中国人都有一个关于北京的故事。

2000年的五一，刚开始实行七天长假，旅游开始提上了人们的议事日程。终于有一个长假，我们计划出去一趟，目的地一致首选北京。

我们包了一辆大轿车，假期的第一天早早地出发。由于大部分人都没去过北京，大家怀着激动的心情，迎着朝阳，开启了充满期望的旅程。

按照正常的路线应该走门前直通北京的110国道，可是恰值110国道重新翻修拓宽，我们只能绕道走109国道，谁知，这一绕就绕出了意想不到的曲折故事。

如果走110国道，我们可以直接向东前进，走109还得先向西南走到乌海，上了109国道才能掉头向东，这一绕大概就是百十千米左右的路程，而且线路还不熟，那个年代手机导航还没出现，全车人总共有三部手机，其中一部是二手的，一部是借用的，而且一整天穿行在鄂尔多斯荒原，信号时断时续，一路全靠人工，边打探边前行，天黑时到了万家寨黄河水利工程。这是我们开的第一个眼界，平时生活在平原的娃儿们，从车窗一眼看到万丈深渊下的点点灯火，又唱又笑的车内忽然寂静无声，这时车偏偏要加油，停在了山顶的斜坡上，人们纷纷下车，一个家伙慌乱中在路边觅得一块拳头大的石头支在了车轮下面。

杨家河，一河乡愁流到今

穿过万家寨就进入了山西地界，我们夜宿旁边的偏关县城，不知偏关扼守的是不是万家寨这道险关，初历惊险的我们就是这样认定的了。第二天一大早，我们在陌生的山西大地上一路向南，忽然看到一个新建的高速公路入口，昨天颠簸了一天的我们带着的酒、扑克等没有派上用场，那时的高速公路是非常新鲜的，想到能在宽敞平稳的高速公路上一显身手兴奋不已，然而司机认为这条高速公路不能上，和我们发生了争执，这时从太原过来的一位非常热心的司机不惜手机话费给我们问得消息：可以上！这一上再没有见到我们想象的北京出口，一直到了太原、石家庄出口，掉头返回北京时已是深夜，司机气得呼呼喘气，一路微醺兴奋的我们从《北京颂歌》到《我爱北京天安门》，唱遍了所有我们知道的关于北京的歌。

真正面对北京，恰遇第一个长假，第一印象就是挤。在偌大的城市，我们却住在了地下室。在颐和园内、八达岭上，真正体验了摩肩接踵，故宫上午根本进不去。去前门体验一下全聚德吧，等了大半天好不容易排上了座位，却被咋舌的价格吓退了，还不如在旁边的小饭馆来一盘京酱肉丝呢。晚上把孩子们送进了麦当劳，大人们进了旁边的饺子馆，谁知不一会儿孩子们拿着咬了一口的汉堡跑过来吃饺子。那时的麦当劳也许还没摸准中国人的口味吧。在北京，我们经历了一系列的新奇、陌生，但我们把在图文中熟悉的雄伟庄严的天安门广场变成了现实的震撼体验。

我们住在西客站广场南面的地下室，最后一天晚上我们玩儿到深夜，从天安门广场坐末班车到西客站，穿过西客站走到南广场时，有人忽然想到还没准备明天返程的食品，这时一位戴眼镜的先生指着路旁昏暗的卖文胸的地摊说："这不是卖馒头的吗？"（这个故事成为流传至今的经典，大家一定要我写出来。）

返回时，我们决定走熟悉的直通呼和浩特的线路，住一晚第二天再上109国道，本以为可以早早地到达呼市，计划着体验一下青城的烧烤夜市，谁知在入城时忽然从郊区村里斜插上来一辆农用三轮车，把我们乘坐的大轿车逼得撞在了路旁的台球案上，直到后半夜我们才把事情解决回到了宾馆。

第二天返回的路依然是一波三折，黎明时我们才到家，结束了难忘的北京之行。

今天，高速公路四通八达，高铁、飞机方便快捷，再没有当年北京之行的艰苦旅程。然而时至今日，大家坐在一起，在笑声中反复回味的仍然是当年北京之行的故事。

杨家河，一河乡愁流到今

北京北京（二）

多年前，朋友的母亲去世，我前去吊唁，朋友回忆起母亲的一生坚强勤俭，在逆境中拉扯儿女艰难度日，并把他们一个个培养得学有所成。成年后的儿女们对母亲千般尽孝，赤诚反哺，也让母亲度过了一个幸福的晚年，只是有一件事让朋友反复慨叹，遗憾万分：没来得及领母亲去一趟北京，看一看她老人家非常向往的天安门。一句话点醒了梦中人，我决定带母亲去一趟北京。

这时我才感觉到自己对母亲的疏忽，总以为给她物质上的满足就很孝顺了，深潜于她老人家内心的世界我却很少关注，从小母亲教导我们要好好学习，长大了到北京去。我们习惯于母亲把最好的愿望给了我们，却漠视了这个愿望是从母亲心底发出的。容易满足的母亲认为自己已经很幸福了，去北京似乎是一件奢侈的事情，又要影响我的工作，感觉有点儿过分了，所以加以推辞，但经不住我坚决的态度，我们母子踏上了温馨的北京之旅。

其实，母亲心中有一个自己的北京，为了便于到天安门，我们住到了前门，第一站当然是天安门。天安门前的留影自不必说，天安门前的金水桥一下子和母亲通过戏剧了解的金水桥对上了号，感觉从唱词见到了实物。令我意想不到的是，不识字的母亲提出的第一个要求居然是看故宫。好在故宫里能租到轮椅，我推着她看了皇帝的金銮宝殿，见识了戏里演的东宫、西宫，不知不觉中，我们母子竟然成了别人眼里的风景，每当过门槛、上台阶时，总是有人抢着抬轮椅，这其中甚至还有外国人，我这个推轮椅的反倒是插不上手，成了甩手掌柜。人人都用一种羡慕的眼光看着我说："你真幸福啊！"

母亲笃信佛教，"行好施善"成为她教诲我们的口头语，也成为她践行的座右铭。记得小时候的困难时期，外地流入河套的乞丐比较多，虽然我们家也不宽裕，但凡到门上的母亲都要给点儿米面，遇到饭熟的时候还要盛一碗热饭。我们忍受不了脏兮兮的乞讨者用我们的饭碗吃饭，但又不敢表现出不礼貌的举动，乞讨者走后就和母亲抗议，母亲总是用行好施善来教育我们。有一次，一位疲惫的妇女领着孩子乞讨，母亲不仅留她们吃了饭，还让她们躺在炕上歇了一会儿才走。想到这些，我带母亲去了雍和宫，母亲非常高兴地说："真好，这个地方选对了，我就想来这里。"雍和宫里独有的气氛让母亲感觉非常好，游览参拜了很长时间也不觉得累，中途有外国人和她照了相。第一次和外国人进行了友好交流的母亲感觉很是新奇，殊不知人家同样看到她这个精神矍铄的"外国"老太太也觉得很好玩儿。

在前门，有电视剧里演过的同仁堂、瑞蚨祥等老字号，当年恰逢我们要为母亲贺八十大寿，我领着母亲在瑞蚨祥选了一块红色的缎子，并在店里量身定做了一件衣服准备祝寿时穿。母亲一听说要一百多的手工费坚决不做，说她经常去的裁缝铺做一件衣服才十几块钱。在我的坚持下，她才不情愿地量了尺寸。衣服做好后穿在身上，她情不自禁地说："人家大城市的裁缝做出来的衣服就是不一样。"

这次北京之行后，弟弟竟然连续两年带着八十多岁的母亲自驾游，最远的一次游览了西安、苏州、杭州、上海，让母亲看了《白蛇传》中的西湖，母亲过去曾念叨过"上有天堂下有苏杭"，这次让她老人家得以亲历。

今年有机会又到北京前门，我不由自主地步入了瑞蚨祥。十年后的瑞蚨祥依然如故，我的身边却少了选绸缎的人，一丝怅然在心头升起。母亲永远离开了我，我只能在心中永远珍藏着母亲和我在北京的这段美好记忆。

北京北京（三）

第一次认真地审视北京是给儿子报考大学的那一年，一下子发现北京的学校怎么分数线那么高，东北和西北一些曾经如雷贯耳的名校竟然屈居于北京一些当年名不见经传的大学之下，感觉分数就是被追求虚名的人们炒起来的，然而我们还是不能脱俗，舍弃了京外的985学校，挤进了北京的211学校。

到了北京才见识到比录取分数线炒得更玄乎的是房价，还有熙熙攘攘的人流和阴霾的天空，好在这些应该不会是长久的相伴，因为儿子皱着眉头表示，他不喜欢北京，毕业了不会选择留在北京。

然而话音刚落，他一转眼研究生也毕业了，貌似有了自己的专业，却选择了在北京就业。虽然天空依然阴霾，虽然房价驴打滚似的更加高不可及，虽然面对任何一份工作都是高强度、快节奏……然而，经过了矛盾与斗争，他最终还是选择了北京。

北京到底有什么好？去北京次数多了，就不再觉得她神秘了，有时去北京有了闲暇时间甚至觉得再没有想去的地方。今年去位于双桥的人社部能力建设中心学习，处于朝阳区和通州交界的地方，非常偏僻，门前的一条路车少人稀，和印象中北京的概念比起来，有一种恍若世外的感觉。然而，在去国家博物馆参观马克思二百周年诞辰主题展览的路上，能力建设中心的王主任却生动地给我们讲了双桥附近的八里桥发生的抗击英法侵略军和八国联军的故事。惊心动魄的历史场景如在眼前，此刻我感到偏僻的地方不再沉寂，随便点击一段路、一座桥或是一个站牌，就会展现一段积淀深厚的历史。这时，我想起了某人的一句话："其实北京有许多地方值得你细细地品味。"

走不进北京的不仅仅是深厚的历史，上下班高峰期的地铁上，拥挤的人群中，一个个年轻人戴着耳机，旁若无人地专注于自己的手机，一旦到站，场景立马切换为快镜头，一个个汇成行色匆匆的人流，下车、换乘、上车、进站、出站，有的甚至在自动上升的扶梯上还要三步并作两步地往前赶时间。

北京到底有什么好？爹娘无微不至的关照、家乡舒适悠闲的生活召唤不回他们。他们宁愿租蜗居、挤公交，在茫茫人海中打拼自己的世界，个中原因不仅仅是贪图大城市、凑热闹。有人说北京有更大的平台、更多的机会，二三线城市靠的是拼爹，北京可以拼自己，通过自己的努力实现理想。有人说，在家乡谋一个铁饭碗，从上班的一天就可以看到退休的那一天，在北京一刻也不敢停歇，只有不断提高才有不一样的明天。也有人说，人一辈子悠闲快乐就好，把自己搞得那么紧张图什么？安稳地干一份工作到退休和不停地跳槽谋求新的发展、迎接新的挑战，孰是孰非真是一言难尽。

北京，有人说这是一座最好的城市，有人说这是一座最坏的城市，有人在这里充满希望，有人在这里理想破灭。对于我来说，这是一座走不进、看不透的城市，在进出地铁的自动扶梯上，我自觉地站到右侧，为在这座城市不懈探求匆忙赶路的年轻人让出通道。

杨家河，一河乡愁流到今

放在心中的朋友

一天，忽然有一个人来到我办公室，大呼小叫地说："承刚老弟，好长时间不见了，你怎么不去看哥去？"并很自然地回头给他的同伴介绍说："我们多少年的老朋友了。"亲密无间的语气和生疏的面孔同时向我袭来，对于机智前面加负号的我来说，一时真是难以适从。用同样热情的言行去回应吧，实在是没有这个情绪基础，实事求是地应对吧，又不好意思让人家尴尬，最后只好强颜欢笑地顺着人家的话附和着，但有一种被情感绑架的感觉。仔细想来，这位哥们儿只是三十年前我们相邻单位的，见面都没有打过一次招呼。

我不是一个善交际的人，公关能力更是相形见绌，对于用"见面熟"的本领开创社交新局面的人更是仰视，从小感觉那是"别人家的孩子"，以致形成了小小的自卑情结，在陌生的场合只能充当木讷的角儿，气氛永远是别人去带动。然而，只到这一步也还好，生活中往往有一些关系不咸不淡的人，一旦想起你的时候，一下子先入为主地代你宣布你和他钢铁铸成的友谊，让你从开始的不好意思到无从辩驳，再到不得不承认，最后到你不为他肝脑涂地地效力就是个十足的无情无义之人。

有时，真怀疑是不是我的朋友观出现了认知偏差，到底关系处到什么程度才算朋友？

有一位兄弟工作调动离开了磴口，去往另一个旗（县），离开时一遍遍地说："哥，你要去看我。"当我在繁忙的工作中淡忘了这事的时候，时不时地接到他的电话："哥，你怎么不来看我？""好好好，等忙过这一阵子就去看你。"我敷衍着他，内心也没准备做一个具体的计划。再后来，很长时间没有了他的电话，我也没觉得有什么异样。一天晚上躺在床上刷微信，看到有人发了草原水草丰美的图片，忽然想到了在这个地方工作的这位兄弟，有一种迫切想去看他的冲动，第二天约和他关系很近的另一位朋友一起去，谁知这位朋友说："你要去哪儿看？"我说："还能去哪儿，他工作的地方啊！"这位朋友说："他现在在医院，得脑溢血住院了。"我非常诧异，我们相忘于平凡忙碌的日子，一旦想起，也许就是最需要的时候。

还有一位共事多年的家伙，我们曾经都是骨瘦如柴的身形，每次见面，他总要调侃我为"何干"，为了满足他的心理需求，我就赐他个"丰满"的外号吧。多年下来，我这"何干"日渐丰满，他这"丰满"依然形销骨立。一日，忽然有人神神秘秘地议论，大概是"丰满"得了重疾，不知在北京还是在市医院治疗，好像是不愿让人打扰。听到此言，我立马给他打电话，第一时间去医院看了他。我们依然调侃，依然谈笑风生，我的到来没有给他带来一丝打扰。经历了病魔的考验，一步步向康复的希望迈进还有一个较长的过程，每每想起在家中休养的"丰满"，我总想抽空去调侃他两句。

有说朋友是两肋插刀、义气千秋的关系，也有说君子之交淡如水，我想，没有豪言壮语，没有歃血为盟，放在心中的大概也算是朋友了吧。

师恩难忘（一）

抗日战争时期，傅作义主政的绥远省政府临时迁到了现在杭锦后旗的陕坝镇，北疆小镇一下子华丽转身为省城，有了中山堂剧院，有了省立师范，有了影响至今的奋斗中学……童年的父亲没有想到省城的设立对他的命运会产生深远的影响。

本来幼年失去父母的父亲应该和他的四个兄长相依为命，垦荒种地，做一辈子农民的，怎奈如父的长兄对这最小的弟弟疼爱有加，一来怕被抓了兵，二来也想让他改变命运，光宗耀祖，含辛茹苦地供他上了学。父亲也争气，虽然上学时年龄已经很大了，但接连跳班，没用几年，竟然进了绥远省立师范。

师范毕业，父亲成了一名"吃皇粮"的乡村教师，那个时候人们大部分是逃荒来到河套谋生的，能上得起学的孩子也不多。父亲带的好像是复式班，也就是一个教室里有几个年级，讲了这个年级的课再讲另一个年级的课，讲了语文再讲算术。有的孩子中途上不起学要退学，父亲就去动员家长，再不行就自己掏钱给孩子买书本，想尽办法不让他的学生失学。

后来，傅作义和平起义，父亲来到磴口县从事行政工作。他教过的那些孩子们如河套大地的麦豆糜黍，生长在各自的土壤，融入芸芸众生之中，彼此再没有新的交集。

后来，因为父亲和他的同学在上学时集体参加了"三青团"，他背负这一严重的历史问题，回到农村接受改造，命运急转直下，为此父亲上师范和教书的那段历史成为我们讳莫如深但又挥之不去的阴影。因此，父亲为人师表的那段青春年华留给我们的只是几笔简单的白描。

再后来，终于等来了落实政策，父亲的户口回城了，儿女们的工作却没有着落。辗转于各个部门，办理各种手续，说了无数好话，赔了许多笑脸，身心俱疲的父亲坐到了小饭馆里。

"是何老师吧？"邻桌有一个中年人喊道。

何老师，这个称呼已在岁月中尘封了三十多年，一时还激不起父亲的反应。

"你是何老师吧？"中年人坐到了父亲的对面，穿过三十多年的时光，师生终于相认。

原来，这位学生已经成为某局的局长，童年时期的老师他还一直没有忘记，他请父亲吃了饭，听说我的一位姐姐在家中待业，就介绍到了他们局的下属企业工作。饭是小饭馆里的快餐，工作是在一个小集体企业，但对于饱经世态炎凉的父亲来说，呈现在他面前的是一席温暖的精神盛宴，三十多年前，他们师生已经燃起了烹饪的火苗。

仅以此文献给做过教师的父亲！

师恩难忘（二）

我上小学的时候是二十世纪七十年代初，虽然躲过了停课闹革命的阶段，教学秩序基本恢复了正常，但师资是断层的，特别是我们乡村小学，别说大学生，师范生都见不到。我们的老师都是临时性的民办教师，大部分是公社或大队干部的子女，没有多高的学历。记得刚上学的时候，我们每说一位老师，哥哥姐姐们总是惊讶地说："他只是高小毕业，能给你们代好课吗？""她倒是上了初中，可成绩是班里最差的……"我倒是没有他们那么多的担忧，盼望了那么久，只要能让我上学就感到十分高兴了。

记得刚上一年级，第一课的课文是《毛主席万岁！》，第二课是《中国共产党万岁！》，第三课是《中华人民共和国万岁！》，第四课是《全国各族人民大团结万岁！》。接着就开始学拼音。我们的语文老师是班主任，讲拼音讲得非常认真，现在还记得他在努力地给我们辨别前、后鼻音的情景，现在想起来大概除了在发音上有浓郁的河套方言，其他的还是不错的，所以我们的拼音学得非常扎实。记得有一次我在校园里玩儿，被五年级的语文老师带到他们班给示范读拼音，并说："一年级的同学都能读这么好，你们要向他学习！"显然，他们是在补短板。

我们一年级大概上了半学期，一次算术课上来了一位大队加工米面的加工员，他说："你们知道我是谁吗？"我们争前恐后地说："加工员。""不，错了，我是你们的算术老师。"就这样，我们有了新的算术老师。虽然这位老师从外貌到谈吐都非常的"土"，但很快，我们在心目中也就转换了角色，乖乖地跟他学起了算术。后来，我们更是领教了这位老师的严厉，不敢在他的课上造次，只有认真学习。

我们的语文老师性格非常好，因此，我们得寸进尺，课堂纪律就不那么好了，总要搞一些小动作。有一次，老师说："你们现在太没规矩了。过去上课时，全体学生要起立向老师问好，学生不遵守纪律，老师是要打板子的。现在反对师道尊严，不能打学生了，从明天开始，我们实行全体起立吧。"第二天，老师一进教室，我们全体起立问好，老师给我们鞠了一躬，我们觉得非常新奇好玩儿，哈哈大笑起来，老师说："算了算了，我还得给你们鞠躬呢。"于是这道礼数就此夭折。

上了三年级，这两位老师就返回去教一年级了，我们新换了老师。新老师同样非常认真负责，我们也非常喜欢新老师。记得语文老师把课文中的"翻译官"念成了"翻泽官"，回到家里哥哥姐姐们要给我纠正，我偏不听，坚持念"翻泽官"。我感觉，这些老师也没有他们说的那样糟。

那个时候乡村小学下午不上学，也没有多少作业，更没有补课和特长班，有的就是帮家里挖喂猪的苦菜或拾柴火，顺便和村里的小伙伴们结伴玩耍。而我的老师们下午却要扔下家务匆匆忙忙骑着自行车赶到公社的学区参加培训。我当时觉得这是一件常事，现在才明白，这是针对当时师资状况采取的一种措施。我的老师们一边学习提高，一边给我们上课，他们付出了双倍的努力。

一天，我看到一位从小在城里接受教育的某人用手写输入法，笔顺还较混乱，我问："为什么不用拼音？"答曰："不熟练。"这时我非常感谢我的那些小学老师们，用现在时髦的话说，他们没有让我输在起跑线上。

师恩难忘（三）

回顾有限的学历，我似乎要偏文科一些，然而，今天我要说一下我的数学老师。

我从大队的民办学校来到杭锦后旗第二中学上初中，有幸分到了被默认的教师子弟班。顾名思义，既然教师子弟都在这个班，可见从师资配备来说，那就是同年级最好的班了。

进入新的学校，一切都是新奇的，最令我们眼前一亮的是，我们的班主任是一位姓刘的教数学的漂亮的女老师。刘老师有白皙的皮肤，苗条的身材，剪着一头短发，浑身上下散发着干练清爽的气质。她说话干净利落，从不拖泥带水，讲起课来条理清晰，层层递进，让人听得非常明白。刘老师不仅课讲得好，而且板书写得非常漂亮，隽秀中透着刚劲，体现出她的独特风格。

刘老师非常要强，我们同一年级总共有四个班，她不论是班风班纪的管理还是考试成绩，总要力争前列。我们上自习的时候，总要被她"侦查"，调皮捣蛋的家伙常常被抓个现行，因此，我们在自习课上也不敢为所欲为，大致还是有个样子的。就这样刘老师还是不放心，很多的自习课都被她用来讲了数学课。

刘老师对我非常关心，时值二十世纪八十年代初，专业书籍还比较稀缺，当时新出了一套中学数学辅导书，质量非常好，刘老师建议我们买一套帮助学习。她特别希望我能买一套，多做些习题。然而，一套书的价格是不菲的，最终我还是没有买。后来，刘老师就把她的那套书借给我，在书上给我留了作业，让我回去完成。在刘老师的特别关注下，我的数学成绩特别好。我们班的成绩在年级里也是名列前茅的。正当刘老师带着我们愉快地一路向前的时候，初三开学的时候，我们换了班主任。

我们的新班主任是一位姓樊的其貌不扬的教数学的男老师。樊老师矮矮的个子，穿的永远是一身褪了色的中山装，头上戴一顶同样褪了色的蓝帽子。樊老师是我们学校毕业班的把关教师，他的性格也和他的外表一样，不苟言笑，只要求我们学习再学习。他也总是利用一切时间给我们讲课。樊老师的字写得很小，总是密密麻麻，很快写满一黑板。那个年代整个社会似乎要把失去的一切补回来，学校里也是一样。我们的音乐课、体育课只是写在了课程表里，实际都被主课，特别是樊老师的数学课占用，这也成为一个普遍的社会问题。上级教育主管部门要求学校必须开设音乐课，这时才发觉学校似乎没有专业的音乐老师，万万没想到的是樊老师竟然兼任音乐老师，看不出来，他还懂乐理知识。那时已经开始流行台湾校园歌曲，这是我们的最爱，可是，好不容易盼来一周一节的音乐课，樊老师却用老电影《怒潮》里的一首《送别》来教我们简谱，真正是不厌其烦，一堂课唱得我们怒潮翻滚，却敢怒不敢言，因为樊老师平时对我们非常严厉。

仿佛是对被音乐课浪费的时间非常疼惜，接下来的时间，樊老师会变本加厉地给我们讲题，他讲起对数函数来简直是滔滔不绝，乐在其中，直到把我们浮躁的心带入其中。

转眼初中毕业，命运使然，我走上了工作岗位，三年后我参加电大文科考试，想不到四门文科一门数学中，数学成绩竟然是最高的，特别是最后一道大题是函数方程，我以初中的数学底子竟然完全正确地做了出来，一同考试的许多高中生、中专生大都栽在了这道题上。这时，我想起了我的两位数学老师，今天，他们教我的数学知识早已付诸东流，然而，两位数学老师却永远让我记在了心里。

杨家河，一河乡愁流到今

大哥，你还好吗？

大哥是大爹的儿子，是我们何家的掌门长子。

大哥在二十世纪五十年代上了高中，那时的高中要在内蒙古自治区首府呼和浩特上，也算是比较稀缺的知识分子了，所以在城里参加了工作，我们一家也引以为荣。

许是受大爹的言传身教，大哥虽然在城里工作，但对农村的家人一点儿都没有疏远，心中常怀长子的道义。

大哥工作的单位是商业批发站，他经常到上海、广州等大城市采购订货，是单位的业务骨干。他家族荣誉感非常强，对工作非常敬业，然而一直入不了党，这和他耿直的脾气有关，但更关键的是社会关系中我父亲的历史问题是一个硬伤。尽管如此，大哥一直对我们不离不弃。

大哥对我的父亲感情非常深，也许是我父亲是父辈中年龄最小、文化程度最高的吧，所以家中有什么事大爹总是派父亲出面解决。大哥上高中的时候得了严重的胃病，父亲把大哥从呼和浩特的学校接回我们家里，把中医也请到家里，单独给大哥调理治疗。母亲按照医生的吩咐，精心煎药煮饭，一直侍候了三个多月才把大哥的胃病治好。大哥由小时候对父亲的依靠、尊重到成年后对父亲的关爱，不论世事变换，一直没有改变。

在非常时期，我们尽量不去大哥家，担心在政治上连累他，可是我家老大结婚，大哥积极帮助采买缝纫机等紧缺用品，并毫不避讳地带着大嫂、小孩回来参加婚礼，以家中老大的身份把气氛搞得热热闹闹的。后来形势逐渐好转，我家买自行车、购置过年的紧缺年货，大哥都是热心地帮助我们积极操办。每年清明节，大哥总要回来扫墓祭祖，同时挨家挨户地登门看望在世的三位叔父。

父亲当年为了落实政策，一次次的申诉，一次次的落空，耗费了几年的时日，身心俱疲。大哥看在眼里疼在心里，遗憾的是他早已随着盟府从磴口搬迁到临河，何况自己又是个普通干部，没有什么得力的人脉，实在是有心无力。终于有一天，父亲把落实政策的文件拿到了大哥面前，大哥当时就激动得流下了心酸的眼泪。落实政策没几年，父亲又积劳成疾，最终没能战胜病魔，大哥在父亲的坟前失声痛哭，悲叹他命运坎坷的五爹。

我们父辈来到河套后和老家断了联系，每次聚在一起，大哥总是谈论起家谱的事。他在本族人中多方打听，听说又有新续，可我们除了老人口头传下来的十辈家谱，一无所知。前年回老家寻根的时候，我想到了心情最迫切的大哥，可惜的是他已经八十多岁，身体已不能适应长途旅行。在老家找不到确切的地址时，我还曾给大哥打电话想让他回忆一点儿线索，这时大哥一再叮咛我找到后一定要把家谱抄回来。

找到家谱后我用手机拍了照，回来后一直没顾得上整理打印，忽然听说大哥住院了，我和外甥晚上加班把家谱打印装订好，第二天带着去看大哥。大哥得的是老年性的心脏病，比较麻烦，在市医院已经治疗好多天了，精神状态还不是很好，看到我们带着家谱去看他，正在躺着输液的大哥"噌"地一下就坐了起来，立马来了精神。

大哥出院后，我给他打过一次电话，可是大哥的听力已经严重下降，无法正常交流。闲暇的时候，我真想给大哥打个电话，问一声："大哥，你还好吗？"

珍贵的日子

2016年的元月，正是北方的严冬，母亲躺在床上，阳光照在母亲的身上，我坐在母亲的身旁写文章，这幅画面永远留在了我心底，因为从这一刻开始，我意识到和母亲在一起的每一天我都要数着过了。

我们曾挥霍过青春，因旺盛的生命力而漠视了时间的威胁，也漠视了忙碌在身边的父母，以为自己不会变，父母不会变，时光不会变，一切如同这平淡无奇的日子周而复始，不懂关注，更不懂珍惜。

参加工作离开父母，另一个陌生的环境才凸显出父母和家的存在，再一次见到站在农田里的母亲，庄稼是那样的茂盛，母亲是那样的瘦弱矮小，人生的第一缕柔软爬上心头。

不理解父亲为什么总是催促着我尽快成家，着急忙碌的父亲和无动于衷的我形成了鲜明的对比。我的心中怀着诗和远方，即使一辈子单身又有何妨。对于生命中已投下一丝不祥阴影的父亲，这也许是他心中永远的痛。

文凭对将来的人生至关重要，我一心求学，别无他顾。当交上毕业考试的最后一份答卷的时刻，我得到了文凭，却失去了父亲。

曾经的疏忽，曾经的无暇顾及，一旦失去了才知是无法回放的弥足珍贵。

母亲的人生终究是躺在了床上，我的人生也放慢了脚步，能静下心来聆听过往的时光。看着躺在床上的母亲，想到的却是一个个呱呱坠地的小孩——我们兄妹八人。当我们从床上起来的时候，母亲的美好人生已在一把屎一把尿的操劳中悄然流逝。母亲躺在床上，八个儿女轮流侍候，虽有赤子之心，却是万分疲惫。

母亲曾和我平静地谈起死亡，只是感觉到自己真的累了，不想再拖累儿女。面对必然的结果，母亲心无挂碍，没有恐惧，没有执念，更没有波动的情绪和对儿女无端的刁难。母亲最后的平静与安详，让我对人生的来去和生命的长度有了新的感悟。

丙申年九月十六日，珍贵的日子戛然而止，母亲离开了我们，回到了父亲的身边，不能继续的美好只能倒着去回味。

写于戊戌年九月十六日母亲两周年祭

杨家河，一河乡愁流到今

乡乐篇

让深埋在心底的种子发芽开花

终于下决心报考国家二级心理咨询师，一个朋友不解地问："你这么大岁数了，学这个有什么用？"一下子，我竟然感觉到了羞愧难当，仿佛自己做了一件有悖于常理甚至是有违于大众道德评判标准的事情。虽然我喜欢，虽然我感觉自己和心理学有自然的亲和感，虽然我一直有一探心理学神秘感的强烈愿望，但这不是大家都想做的，不是社会的常态思维和行为，用常规的眼光看，也不是我此刻此境该做的事情，温和一点儿说是不务正业，不客气点儿说就是荒唐了。于是，我只能转入地下，找各种理由避开各种很必要的应酬，向一个很无稽的目标冲刺。

2016年的考试成绩比上一年来得早了一些——终于过了，但我的快乐比这来得更早了一些，因为在学习的过程中，我找回了久违的专注，更懂得了正确的认知对人生的重要，在跟着别人播种的间隙，也让深埋于自己心底的种子发芽开花。此刻，生活中的快乐与不快不再是那样的极端；世间的对与错不再是那样的绝对。清晨，我看到跳广场舞的大妈们是那样的快乐，因为她们童年的舞蹈梦在幸福的晚年灿若春天的花圃。一天，我走在大街上，看到一个独行的人严肃的表情突然笑靥如花，往日，我会以为他是神经病，此刻，我分明看到他深埋在心底的种子正开放出一朵美丽的花。

扶贫散记

一、走近扶贫村

扶贫点定在了移民村哈业务素，顾名思义，这个村的村民是近年来从外地一个生态脆弱的山旱区移过来的。背井离乡融入一个地区是一个艰难甚至痛苦的事情。他们来到黄河滋润的河套平原，看着滚滚流淌的黄河水就头晕，当地干部只好代替他们为他们的农田浇水，于是当地人认为他们懒，他们认为当地人欺生。一系列误解、委屈、不适应困扰着他们……好在这一切都已成为过去，他们适应了当地的生产方式，生活水平有了显著提高。他们保留了自己的乡俗，也吸收了当地的生活方式，终于把这里当作了自己的家乡。他们的今天也演绎着河套的过去，河套肥沃的土地是一个仁慈温暖的怀抱，你随意问每个河套人的籍贯，回答肯定是山西、陕西、甘肃、宁夏、山东、河南……总之，没有一个是土著。这里曾是一片处女地，傍着黄河，播种就有收获，多少个灾荒年景，她张开双臂，接纳了无数饥寒交迫外出逃难的人。河套的历史就是一部由痛苦离别涅槃为幸福新生的奋斗史。宽厚的河套，幸福的家园。

二、扶贫怎么扶

扶贫怎么扶？有人说，给贫困户买个猪儿子（猪崽）吧。是的，今年的猪肉价格飞涨，加之有龙头企业的带动，发展养猪产业似乎是一条扶贫的好路子。可是想起过去的一幕幕，我又有点儿犹豫了。

记得早前，体制是市场经济的，思维还停留在计划经济。为了发展番茄产业，政府给基层下指标、定任务，指令性扩大番茄种植面积。愿望非常美好，发展产业化、提高农民收入的光明前景令人热血沸腾，可是到了秋天，番茄价格跌入了谷底，龙头企业压等压价，当初的觉悟荡然无存。我们下去督察工作，恰逢农民愤怒地把出售不了的番茄拉到了乡政府院里，乡长又把愤怒的情绪传递给我们……还记得推广一种放母收羔的扶贫模式，就是干部给贫困户买一只母羊，通过母羊下羔滚动发展家庭养羊业，并且回馈帮扶干部一只羔羊。结果有些母羊还未来得及奋力生产就被贫困户宰杀或出售了……

扶贫是一件实实在在的大好事，可是想起捉摸不定的市场，想起扶贫对象的复杂情况，苦苦冥想怎么扶，却总不见智慧火花的闪现。

三、买鸡去扶贫

精准扶贫怎么扶？我们为买猪还是买羊纠结了很长时间，终是觉得不妥，又经过一番考察，终于决定买鸡来扶贫。于是，到正规的养鸡场买来经过全程免疫、即将产蛋的优质蛋鸡，也好让贫困户家里有个能随时支取零用钱的"小银行"。

根据以往经验，为了避免贫困户随意宰杀或不精心喂养，我们在签扶贫协议的时候，要求贫困户每只鸡自己配套十元钱，以提高他们的责任意识。可是到了贫困户刘文的家里，这位老兄却只有一脸憨笑，拿不出钱来。经村书记介绍，我们才知道，原来他供着一个明天就要高考的女儿上学。女儿曾因病休学两年，看病花了很多钱，但成绩非常好。别人家的孩子高考前家长都是全方位服务，可是刘文的女儿却一个人在县城准备明天的高考。刘文本打算去县城陪孩子吃一顿饭，可孩子考虑到家里的困难，执意不让父亲来，并安慰父亲说，考好考不好不在吃一顿饭上。看着刘文平静地忙碌着，作为父亲，我知道他的内心和天下所有的父亲一样，牵挂着自己明天即将高考的孩子。

扶贫不只是买鸡。祝愿刘文的女儿及所有明天参加高考的孩子顺利、如愿。

四、初尝成果

当初决定买鸡扶贫，只是我们的美好愿望，能否实现目标，我们不得而知。毕竟我们没有亲自养过，贫困户的养殖水平、鸡的疫病、气候等不确定因素非常多，我当初心里也是很忐忑的。但是，事实充分证明了我们的决策是正确的，那些在正规养殖场经过全程免疫的鸡们，一个个健康活泼，几乎零死亡。只是未到青春期，迟迟不见下蛋，贫困户们有点儿等不及，饲料告急，我们及时买了饲料予以救急，终于等来了鸡下蛋，他们的"小银行"也就正式开张了。

于是，干部们又有了一个新的任务——销售鸡蛋。鸡蛋是喂粮食下的笨鸡蛋，干部们不论大小以每颗一元的价格给贫困户，贫困户不出家门就以高出超市普通鸡蛋两倍的价格获得了收益，于是，他们自己舍不得吃，攒到一定的数量就等着帮扶干部来收鸡蛋。帮扶干部了解到谁家的鸡蛋存多了，在单位的微信群里喊一声，鸡蛋就有了下家。大家把销售鸡蛋当作一件快乐的事情，和贫困户的关系也亲近了许多，这鸡蛋不仅吃着香，心里也暖。

当初动员贫困户养鸡也是一件难事，五十元的鸡贫困户只拿十元都不愿意养，因为他们过去有粗放养殖成群死亡的教训。我们苦口婆心只动员了五户，现在这五户尝到了甜头，鸡蛋供不应求，村民们也看到了事实，纷纷要求扩大养殖或加入养殖，即使没有补贴也要养，只是让我们联系优质的蛋鸡，我们的心里也感到非常欣慰，有一种授人以渔的成就感。

五、冬天里的温暖

一年的精准扶贫总是要有结果的，比如脱贫指标的达标，比如上级验收的通过，在我心里却是无数的温暖和感动。

刚开始扶贫的时候，年轻的干部们对农村贫困户十分陌生，只是机械的数据统计，工作无从下手。贫困户们认为只是走走过场，对帮扶干部也是漠然应付。不知从哪天起，渐渐地，干部们发现贫困户需要帮助的地方很多，因为他们开始走进了贫困户的生活，走进了贫困户的内心世界。

一次入户调查，他们发现一个贫困户的孩子考上了大学却筹不足学费，干部们纷纷为孩子捐款，就连一个月只有一千五百元生活补贴的"三支一扶"大学生志愿者也不听大家的劝阻，主动要求捐款。从此，村民的困难都进入了干部的视野。每次入户调查，单位的微信群里总是会出现这样的喊声：

"刘家的大红公鸡谁要？"

"张家有两百颗鸡蛋，要的冒泡。"

"谁家有旧电视机，贡献一台。"

……

村民的问题就这样在大家日渐高涨的热情和齐心协力的努力中得以解决。每次进村，看到干部们轻车熟路地边往帮扶户家走边打电话："刘大哥，在家吗？""张大叔，在干啥？我马上到你家了……"一个个仿佛是去自己的亲戚朋友家里。

财叔是我帮扶的贫困户，老两口年近八十，没有了劳动能力，属于政策兜底脱贫对象。刚入冬的几天天气特别寒冷，因财叔有腿疼的毛病，我便送了他一条加厚羊毛裤。今天我到他家了解情况，顺便问起那条毛裤合不合适，财叔撩起外裤让我看他已穿上身的衣服。财婶插话说："他说特别暖和，特别舒服，连我缝的棉裤也不穿了。"这时，我看到财叔眼圈发红，低下了头。我问他对脱贫有什么意见，他连说："没意见，没意见，现在政策这么好，把我的低保标准也提高了，看病也能报销，还有什么说的？"

以前总感觉扶贫就是一种居高临下的行为，其实，在我们扶别人的时候也扶了自己，那些细微中的温暖和感动成为我们意外的收获，特别是那些刚走上工作岗位的孩子，也许昨天还被父母宠着、娇惯着，但今天热心地帮助别人已经成了他们的自觉行动。单位帮扶的五十八户贫困户大部分都要脱贫了，他们恋恋不舍地问干部："脱贫了你们就再不来了吧？"

"不会的，咱们以后要常来往。"回首这一年的扶贫工作，我们多了些牵挂，多了些成长，多了些内心的感动。

六、当你马不停蹄忙碌到跨年时

今天上午，我给单位的同事们发了个微信红包，并寄语："工作跨年，终生难忘。"今年的最后一个月、最后一周人们纷纷开始恋恋不舍地对即将过去的一年感慨、总结，而到了今年的最后一天，我们却忙得顾不上享受元旦的第一天假日，更顾不上诗情画意地坐下来感慨、总结。

其实，谁也不忍心、不愿意让大家在节假日加班，但是当你美好的假日计划被这种不可抗的不愿意打破后，我们该如何面对？记得我年少的时候，看到拖堂的老师站在讲台上无所顾忌地说个没完的时候，心中的怒火差一点儿冲了帽子。在我年轻的时候，每到周六日，上面总要来一些和我无关的人需我以工作的名义陪着他们走东走西，很晚了还在酒宴上兴致勃勃，让人无法休息，这时我强颜欢笑的嘴就差要用手撕才能勉强咧开。今天，我疲惫地躺在沙发上，内心却非常平静，是心麻木了吗？不是。是觉悟高吗？不是。虽然我们没有按传统的方式过节，但是大家在一起，空闲之余发红包、抢红包，年轻人无时不在的活力感染得大家笑声不断，也没有觉得今天有多恼怒。在一起工作是一种缘分，年年和家人在一起，今天和同事过一个别样的假日难道就没有一点儿乐趣吗？有时快乐不是生活给的，是由我们自己创造的。佛语说："物随心转，境由心造，烦恼皆心生。"

看到人们年末的感慨都因自己逝去的年华而伤感，当年"文革"结束后，伤痕文学盛行，从大墙内走出的作家丛维熙却发出了《感谢生活》的心声，引起了很大的共鸣。其实，岁月的流逝对人生更是一种积淀，当我们走向成熟，宠辱不惊的时候，我们是不是时时处处会体会到更多平静的幸福？

七、徜徉在丙申岁末

年年岁岁花相似，岁岁年年人不同。又是一年岁末，不同的是丙申岁末，同样的忙碌，不同的是忙碌的内容。一年的过往，感慨、欣慰、失落、惆怅，每个人都有，只是故事不同，脑海中演绎的情节有别。

丙申年是一个基层年，一年来，大部分时间是在乡下，挥汗如雨的乡村整治，见证了农村的巨变。我无暇顾及谋略决策，只是作为农村娃，欣慰地看到农村人也可以过这样崭新的生活。精准扶贫更是让我们走入农家，让农家走入我们的心里。我们扶了农家的物质生活，农家扶了我们的精神世界，我们每一个人，特别是年轻的孩子，在扶贫的过程中收获了更高。所以，才有了腊月二十九的下午坚守岗位，发放了最后一批农民工工资，让大家都可以踏实地过一个好年。

丙申年是一个友谊年，借助文字的力量让南国的朋友结识了碚口、爱上了碚口，让碚口成了他们念念不忘的心灵家园，他们也成了发现美的使者。碚口因他们而更富魅力，也让我这碚口人重新认识了碚口，更加热爱碚口。

丙申年是一个触动心灵深处的年，失去了最敬爱、最亲爱的人，今后的春节不再圆满，但是您留给我的不只是简单的悲伤，更是对生命长度、人生来去的重新思考。

熙熙攘攘，人来人往，日出日落，岁月匆匆，徜徉在丙申岁末，庸庸众生的悲欢离合，成败得失汇成了满天繁星，不知道哪一颗是在为你闪烁。这时我想起了老树的岁末诗："我忙完一年/我待在这里/我四处看看/想起了自己。"

八、物质扶贫与精神扶贫

作为国家"三大攻坚战"之一的精准扶贫可以说是能载入史册的大事了，每个单位都承担了扶贫任务。2015年冬天调查识别出贫困户，第二年春天农民开始种田，我们开始下乡扶贫，看着幼苗长大、成熟、收割，大地进入冬眠，我们才知道这不是毕其功于一役的事情。2017年路边田野里的庄稼再一次伴着我们匆匆的身影从幼苗到成熟、收割，大地再一次进入冬眠……

生活的轨迹往往不是按部就班地运行，从来没有想到，寒来暑往，年复一年，我们和一个叫哈业乌素的村子结下了不解之缘。原以为像过去的扶贫一样，我们送一些钱、送一些物就完成任务，这次是要让他们从根本上脱贫，要持续地进行帮扶。一年下来，在家里从来不知道油贵米贱的年轻人对贫困户的家庭情况如数家珍，为他们算支出、计收入，落实各项帮扶政策。按照工作要求，对入户情况要从网上上传签到。有一位老同志对智能手机的操作还不太熟悉，帮我拍和贫困户交谈的上传照片，我拿来一看，镜头里只取了两双脚。我辛勤工作的光辉形象呢？当然，这种状态是他的过去式了。随着工作的不断深入，我们不仅帮着别人，自己的心态也在不断丰富成长，和贫困户的感情也在不断增进。虽然帮扶的经费由政府出，不要求单位和个人出资，但我们在入户中发现帮扶户遇到困难，还是不由自主地解囊相助，给钱给物。他们生产出了农副产品，大家积极地帮助他们及时销售。他们需要在县里办什么事，给帮扶干部打一个电话就能解决。然而，在一次互查中却和我们开了一个玩笑。检查组反馈的结果是有几户贫困户对我们不满意。原来我们的帮扶户是从乌盟过来的生态移民，和从东北来的检查组在语言上有差别较大，问到对扶贫工作队员满意不满意时，他们的习惯用语是"不赖"，但检查组的同志理解为"不来"，结果可想而知。

2018年的春天，我们又进入扶贫模式，要迎接一次关键性的检查——贫困县摘帽复查。我们早上七点多就出发，进村入户整理两年的扶贫档案资料，到了中午，春困中的大家一个个昏昏欲睡，但顾不上休息，坚持把所有的收入支出账目及相关资料又重新核实完善。回到单位的第二天，我帮扶的一户给我发来微信："我人均纯收入两万九千多了？"我一看是由于当时瞌睡，把家庭总收入错填到人均纯收入栏了，马上给他回复更正，贫困户对夸大自己的收入是很反感的。谁知，他给我回复说："知道了，没事，我是担心人家检查的人看出不符了。"我当时心里一热，他这是在为我考虑啊！

扶贫绝不是居高临下的帮扶，物质决定不了精神层面的高低，我知道我的帮扶户能为我着想，并不仅是两年多我给他帮扶了多少钱物，更重要的是我们有心的沟通和真正的彼此尊重。

冠军养成记

　　偶然一个机缘，我在不适宜打排球的年龄喜欢上了排球，大概是年轻时的女排情结使然吧。也很巧，单位新来了两个高个子的大学生帅哥，问："喜欢排球吗？"答曰："喜欢。"于是，我突发奇想，组个排球队吧。就这样，我又纠集几人，组成一队，长者年近五十，少者二十出头，一队父子兵。常言道上阵父子兵，是形容勇猛无敌，可是我们这支刚组建的球队如胡传魁刚开张的部队，常常被别人打得晕头转向。平时年轻人急着上场玩儿，不愿意在场下练枯燥无味的基本功，年长者又心有余而力不足，一年一度的全县比赛，我们是哪个想打哪个打，一直被打到几近垫底。

　　第二年，我们由倒数第二变成了正数第二，据说这在奥运会上叫亚军。第三年，我们终于变成了想打哪个打哪个的队伍——冠军。这时我想起了双手叉腰得意扬扬地站在春来茶馆前的胡传魁。

　　逗您玩儿，我们这支队伍不是一时的得意，年长者传帮带的精神，帅哥们比颜值更具魅力的矫健步伐和凌厉攻势，大家团结一致，互相鼓励，勇于拼搏的高昂士气才是胜利的法宝，还有我们团队独有的快乐、温暖、和谐。看到这里，你也想加入我们的团队了吧？来吧，身高、年龄不限，但人品、球品一样不能少。

个人革命史

某日，去一老弟的办公室谈工作，恰逢其有事外出，让我在其办公室等一会儿。闲得无聊，到书柜前窥探，挨挨挤挤的工作用书没有引起我的兴趣，倒是有一格专门陈列的荣誉证书有点儿夺人眼球，呵呵，年轻人，你这是个人革命史展吗？

我刚参加工作是在乌兰布和沙漠深处的一个叫哈腾套海苏木（乡）的卫生院，被分配在药房里抓药。院长给了我一件白大褂，松松垮垮地穿在身上，好歹也是个医务人员了。可是还有一项工作让我很闹心——扫走廊。卫生院是刚建起不久的，前后共两排房，前排是门诊，带一个"丁"字形走廊，有取药、收费窗口，挂内科、中医、蒙医的门牌，像那么回事。后排的病房就是普通的平房了，没有走廊保护，门窗全部暴露在外。我除了做好药房的主业，还要兼职清扫门诊的走廊。

房子虽然是新建的，但经不住沙尘暴的肆虐，门窗玻璃已有了残缺，一场风沙过后，走廊里就会积下厚厚的一层沙子，干扫，又会引起一场人造的沙尘暴。洒水扫，地上的沙子就会很沉重，用笤帚都推不动，常常是一个走廊扫下来就是一身汗。苦点儿累点儿倒没有多大关系，关键是气不顺，你们穿着白大褂坐在那里就是医务人员，小哥我这走廊一扫，不就成勤杂工了吗？

那个年代的冬天是计划生育大会战的季节，县里下来做绝育手术的大夫带着年轻漂亮的女护士，我们卫生院两个卫校刚毕业的"愣头青"像是打了鸡血，跑前跑后像上足了发条。一天早上，我正在扫走廊，他们前呼后拥地走来，女护士用赞赏的口气说："啊，今天是小何扫走廊啊，扫得真干净。"一个家伙殷勤地说："是，我们的走廊就是小何扫。"他们边说边春风得意地走进了手术室，走廊里只剩下灰头土脸的我想：小哥我扫的哪里是走廊，分明是耻辱啊！

就这样，我虽有满腹的委屈，但每天早上都不敢怠慢，提着喷壶，拎着笤帚扫走廊，而且扫就要扫得非常干净。因此，不管晚上有再大的沙尘暴，第二天的走廊是非常清爽的，但他们不知道我内心的不快。

年底，卫生院开总结会，评选先进工作者，心不在焉的我忽然听到大家异口同声地说"小何，小何……"什么？他们竟然选我当先进工作者？我是新参加工作的，资历最浅，还不满一年，年龄最小，刚满十七岁……

这是我参加工作的第一份荣誉，后来随着工作经历的增加，各种荣誉证书也日渐增多，但不知藏在哪里。

合唱的激情

2017年华莱士节期间，县里要组织各机关单位的"爱国歌曲大家唱"合唱专场，要求人社系统出队。初接到任务感觉是一个负担，工作这么忙，天这么热，对大家的精力真是一种考验。

任务既然领了，就要完成，而且还得认真完成，毕竟是上舞台的事情，总不能自毁形象吧。于是我们请了专业素养很高的乌兰牧骑队长做指导，并组建了合唱队，同一座楼办公的环保局也欣然加入十人，让我们的队伍更加充满活力和自信。但初创的队伍还是有点儿散兵游勇的样子，指导老师一开始就做了严格的专业要求，抬头挺胸提气的站姿、不乱动乱说乱看的习惯等，时刻按照在舞台上的标准严格要求，使大家一下子有了精气神。

练歌是一件艰苦的事情，正值酷暑高温，会议室没有空调，八十多人挤在一个屋里，一个个大汗淋漓。而且因为和工作有冲突，大部分时间要利用夜晚和周日休息日。更难的是大部分队员连简谱都不认识，而《美丽的草原我的家》必须要融入复杂的和声、蒙古长调的元素才能演绎出优美的意境，好不容易唱在了调上，失去控制的声音听起来却是那样刺耳，和声感受不到和谐，更谈不上美感。好在有老师的耐心和对大家接受能力的肯定和鼓励，才使我们的歌声变得越来越动听。

随着和声的渐入佳境，团队的精神也日渐凸显。按照评分规则，领导上场是要加分的，指导老师按照过去的经验，考虑到领导会多事务多，最后能站在队伍里象征性地动动嘴就可以了，但系统内各单位一把手和班子成员排除一切困难，坚持和干部们一起加班加点排练，因工作耽误就自动补课，最后，一个个成为带动团队的骨干队员。从队内筛选领唱领诵人员，有好几人经过一番试验不合适又站回到了队伍里，甚至有跑调和身高不符合要求的队员直接被淘汰掉，但他们没有一点儿怨言，依然积极地为大家做着服务。有的队员工作任务紧迫，排练完后还要加班到后半夜，有的队员下乡扶贫赶回来顾不上吃饭和大家一直排练到很晚，还有的队员有了中暑症状，脸色苍白，但为了不影响练队形坚持不下场。更感人的是环保局局长因公外出学习不能参加，按照评分规则必须要扣分，他果断决定演出时不报环保局的名字，为团体的名誉甘愿做无名英雄。

在正式演出前，有队员感觉有点儿紧张，我告诉他们，从某种角度上说，我们已经交出了一份满意的答卷，完成了我们的任务。演出时，大家充满激情的状态是发自心底的：不需要你知道我，不渴望你认识我，我把青春融进祖国的江河……

我们完美地演绎了豪迈雄壮的《祖国不会忘记》和深情优美的《美丽的草原我的家》，获得了第二名的好成绩，但这已不是最重要的，我们得到了更多，那美好的舞台画面、动听的马头琴声、悠扬的蒙古长调、铿锵的高歌、深情的低吟……一切的一切将会成为我们一生中美好的记忆。

谨以此文献给敬业的指挥、作曲者、马头琴演奏者、长调老师，献给每一位合唱队员，真诚地感谢你们。

杨家河，一河乡愁流到今

激情与感动

　　昨晚，全县"我和我的祖国"庆祝新中国成立70周年（2019年）大合唱比赛，高昂的激情燃爆了磴口的夜空。今夜，中秋明月高悬，如水的月光下，各代表队雄壮嘹亮的歌声犹在耳边，此起彼伏。回想从排练到最后演出的点点滴滴，激情过后是无限的感动。

　　记得当初接到举办全县大合唱的通知，要求人社系统出队的时候，我的心里立马有一种压力。通知要求合唱队不能少于50人，很显然，50人的合唱队在室外演出效果是很一般的。按照以往经验，没有80人的队伍是无法和其他队抗衡的。工作这么忙，各单位抽人练歌确实是存在很大困难。而且机关工委又要求把不是人社系统而居于同一办公楼的政务服务局、公共资源交易中心也要整合在一起，在组织排练中能不能很好地配合，也是一种担忧。

　　不论是系统内还是系统外的单位，各位一把手统一了思想，一是主要领导必须按时参加排练，不当南郭先生；二是全体合唱队员工作加班加点完成，克服困难，保证每天两小时的排练，不论是上下班还是节假日时间，随时服从排练安排。

　　合唱就要有曲目，第一个想到的就是《祖国颂》，既然要搞，就要有一定的标准，否则站到台上用什么去支撑自信？

　　辅导老师石老师和刘老师是学校的音乐老师，一位负责指挥，一位负责发声、音准。第一天学歌，《祖国颂》大段的"啊"就把大家"啊"到了云雾里。晚上微信朋友圈和合唱群里一致感叹："啊"了一下午，回到家里一句也"啊"不出来了。有人甚至有了畏难情绪，说："为什么要学这么难的歌曲？"好在很快大家就被这首歌的艺术魅力吸引，接下来的几天学的进度非常快，老师也对大家的素质给予了充分的肯定，接着选了第二首歌曲《当那一天来临》。这两首歌在和声、声部上都用了国家级专业合唱团的原版乐谱，只是做了降调处理。

越接近比赛的时间，大家的凝聚力越是增强，刚开始大家习惯性唱歌的口型是扁平的，河套方言式的归韵。为了让声音饱满、立起来，老师要求大家把口腔打开，可有一部分同志总觉得张那么大的嘴是一件很难为情的事情，总是难以纠正，可到最后为了唱好歌，一个个的口型都成了标准的"歌唱家"。刚开始排练时还需要点名监督，到后来只要群里给个时间，除非工作上有开标等对时间有极特殊要求的情况，大家都齐刷刷按时到齐。特别是各单位的领导，有时因开会误了排练，对需要新学的东西都要主动自学补齐，这几位一个个都是大嗓门，是绝对的主唱，没有一个滥竽充数的。

当演出的那一刻终于来临时，大家注意力高度集中，眼睛只盯着指挥，唱歌使出了全身的力气，从融媒体回看自己的演出，才发现我们的队伍站在台上那么整齐大方、有气场，我们的歌声是蓄积了自排练以来二十多天全部的力量。

有多大的动力就有多大的压力，因要领颂，我早早地来到台口候场以适应环境，化解紧张情绪，这天气温急剧下降，表演完下场的很多人都自言自语地说："天冷还是怎么回事，腿抖得这么厉害。"当我下场后，真想告诉他们，腿抖的关键是膝盖抖。

比赛就是为了结果，前面已经有了98.42的最高分，在等待我们的评分结果时，合唱队的一位小伙子发誓说："不上99分，我一辈子没有女朋友。"当主持人宣布我们99.06的成绩时，大家一片欢呼，是上帝怜悯这位小伙子呢，还是我们这个团队应有的自信？

合唱没有彰显个人的面孔和声音，但每一个人都竭尽全力让这个集体发出最强、最美、最和谐的共鸣，这就是合唱的感动、合唱的魅力。

乡谐篇

做个二百五

　　《刚的语》写到了第二百五十期，就说一下关于二百五的话题吧。"二百五"这个词使用比较广泛，无论天南地北，一提到二百五，每个人都有一个心领神会的形象。认真地界定：一说是人们常把傻瓜或说话不正经、办事不认真、处事随便、好出洋相的人叫作"二百五"。还有一说是半瓶醋。如此说来，我写《刚的语》，就是个十足的二百五。

　　刚开始决定写《刚的语》系列，其实也自我觉察到这似乎是不正经甚至是不正常的行为，人家都是连正事都忙不过来的人，像你这样酸文假醋地舞文弄墨者有几人？在崇尚中庸的社会环境中，像你这人生阶段早该练就一副谨言慎行、稳重成熟、胸有城府的长者气派，让晚辈们在场合上无论真假地奉承你德高望重，哪里还要东一榔头，西一棒槌地胡言乱语。人家玩儿深沉，你却玩儿癫狂儿，不是人家不尊重你，是你不自重，这不是出洋相还能是什么？

　　再者，随便地宣布写《刚的语》系列，确实有点儿不自量力，一是能否坚持下来，二是能否过人眼。人家要写就是诗词歌赋，讲究个音韵声律，而我这半瓶醋实实地是晃荡不出阳春白雪。但我二百五的天性还是战胜了不自信，犹豫再三还是决定写，只是不要装腔作势，东施效颦，所以初始就给自己如此定位："钢的琴能弹奏出美妙的乐曲，刚的语就是漫无边际的乱弹，只是有个记录，便于年底鞭策一下无志的自己，微友待见就给指点一二，不待见嫌烦就给个大红包买断吧。"

从2016年元旦至今，我这个二百五写了二百五十篇半瓶醋的微文，竟然骗得许多的点赞、评论甚至是转发，真让人感激涕零。当然可能有更多的不屑，只是二百五的特性就是看不到这一面。生活中，一个个二百五往往都是乐呵呵的，因为没有那个头脑去眉头紧蹙、深思熟虑。一部大戏，如果都是正襟危坐的正角，往往显得沉闷，加进一个二百五，倒是让舞台上有了生气，舞台下有了笑声。如此说来，做个二百五也不赖。

杨家河，一河乡愁流到今

告临河同学书

　　临河作为巴彦淖尔市的首府，是我们农村人心目中的大城市，工作之余，隔三岔五的常去开开眼界。城里虽有许多同学，但大部分时间我是不打扰你们的。我知道你们发财的发财，做官的做官，像我这等胸无大志的平庸之辈尽量不要给你们制造麻烦。再说偶尔聚一次我说肉食美味，你们说素食养生；我说穿红好看，你们说挂绿时尚……罢了罢了，不见你们心不烦，你住你的摩天楼，我睡我的热炕头，挺好。

　　可是最近发生的事情却让我很困惑，临河很多道路实行什么单向行驶。自古以来都是大路上人来人往，你们怎么偏要有来无往？繁多的红绿灯就够让人眼花缭乱的了，这样的劳什子路更让人胆战心惊。罢了罢了，今后我每次来临河只能把车停在城外给你们打电话了，来车把我接到城里，捡你们好看的、好玩的带我开开眼界。为了提高效率，中午就快餐吧。快乐的时光总是短暂的，一晃就到了晚餐时间，我这实在人是不会客套的，不过我给你提个建议，常言道，趁席好待客，你还是把所有的同学都召集来吧，一个也是折腾，十个也是折腾。席间你千万不要向我劝酒，盛情之下喝点儿酒是断不能开车返回的。我这人其他的不讲究，就是有点儿小洁癖，酒店千万得上点儿档次。我还是个不大有主见的人，第二天走还是留到时再说吧。

　　今后，我们的同学关系又进入了一个新常态，你们的手机会随时响起我的铃声，不关注《刚的语》的家伙可能要多一些，总不能疏远了同学感情吧！

有一种时髦叫穿短袖

有一位很要好的朋友，每到春天乍暖还寒时便第一个穿起了短袖，在捂着春装的人群中显得非常抢眼。我也好奇地问过他原因，理由是热。对于这样棒的身体，我只有羡慕的份儿。今年春节，我家的人物回来过年，单穿一条牛仔裤，一件短袖，外面套一件羽绒服就要出去会同学，惊得我们差一点儿采取擒拿措施。终于强制性地让他加了一条秋裤，短袖却没有换掉。也是刚过完春节，在一次饭局上，一位年轻漂亮的女士脱了外套，靓丽时尚的短袖一下子吸引了大家艳羡的目光，当时室内的暖气不太热，有点儿感冒的我瑟缩在厚重的棉衣里，看着人家舒展自如的神态，真正体会到什么是风度，什么是靓丽的风景线。这时有人夸赞说，现在穿短袖是一种时髦。我一下子恍然大悟，那厮早早地穿短袖哪里是因为热，他也是想营造靓丽的风景线啊。有了这顿悟，我发现2016年身边穿短袖的人比往年多了些，也早了些，不论是什么年龄的。这更印证了穿短袖是一种时髦。时髦谁不愿意赶，可是虽然最高温度已上了二十摄氏度，可最低温度还只有五六摄氏度，总感觉地下依然悄悄地释放着寒气……算了，像我这样刻板较真的人，真是大煞时尚界的风景，等我赶上穿短袖的时髦，也许人家早有另一种时髦了……

记一次有意义的劳动

4月14日我们接到命令到沙金苏木植树。沙金苏木西部是乌兰布和沙漠，东部是河套平原，构筑这一生态屏障对于保护河套平原有积极的意义。一大早，大家就迎着朝阳，唱着歌曲奔赴目的地。

植树地点是在公路旁边，我们按照要求立即投入了火热的劳动中，挖坑的挖坑，栽树的栽树，马上进入了忘我的精神状态。这时，听到旁边有人说："你以为戴上帽子我就认不出你了？"我抬头一看，是承包这里的县领导带着苏木的书记来看望我们了。书记的身材非常魁梧，反衬的县领导更加儒雅。领导们对我们的工作质量给予了充分的肯定，霎时一股暖流涌遍全身，大家的干劲更足了。冷静下来，我非常懊恼，即使有点儿风沙，我为什么不合时宜地戴什么连衣帽呢，简直是矫情。亏了领导没带记者，否则我不就成了无名无姓的植树甲或植树乙了吗？虽然口口声声说要无私奉献，但关键时刻我也是想露一下脸的。

中午，苏木为我们准备了工作餐：炖羊肉。我坚定地认为，这里的羊肉是天下最美味的食品了，所以，在饭桌上我又进入了忘我的状态。饭碗一推，我记起了当初我们是准备吃干粮，不打扰代表广大牧民的苏木党委政府的。于是，我们击退了长期午休养成的强烈睡意，一鼓作气，保质保量地完成了这次植树任务。

这真是一次有意义的劳动啊！

小目标

　　三姐的孙子、外孙加起来有五个，平时都放在她的家里。这几个熊孩子凑在一起一个个如同打了鸡血，喧闹声不绝于耳，会跑的恨不得插上翅膀，会走的总是另辟蹊径，会爬的也不甘寂寞，绝不会安稳地多坐一分。家里整天上演着老鹰捉小鸡的游戏，抓回这个跑了那个，降住这个反了那个，没有一刻消停。这时她才顿悟悟空为什么姓孙了。

　　然而，这还不是最令她挠头的。她的大孙子今年二年级了，稍小一点儿的外孙一年级，哥俩聪明活泼，学习成绩一抓就上，一松就跌。"松"很容易，这"抓"就太难找抓手了。他俩玩儿的时候是葫芦娃，满脸鲜活，本事了得；一让写作业就变成了蓝精灵，脸色下沉，磨磨蹭蹭。别人家孩子的故事，长大后的远大前程等诱导不出他们头悬梁、锥刺股的壮志；软硬措施，奖惩手段挨个用遍，撼动不了他们贪图玩耍、乐不思学的本性。

　　三姐是个热心人，家里人有什么事都愿意请她帮忙。这不，放寒假了，外甥女又把孩子送到了她家，又多了一个上三年级的外孙。这才是猴群里放了一个孙悟空，家里简直变成了花果山。秩序管理已顾及不暇，眼看着孙子们的寒假作业就要泡汤。万般无奈的三姐急中生智，任命这个上三年级的外孙做组长，管理弟弟妹妹们，实行"以孙治孙"的管理模式。重担在身，孙悟空一下子变成了"弼马温"，认真负责起来。他的指令就是每天先用一段时间写作业，完成作业的才可以玩儿。看到头儿坐在那里写作业，两个弟弟也乖乖地效仿起来。从此，孙子们的作业再不用费心，走上了每天按部就班的轨道。

三姐文化不高，不懂得管理学的理论，但是这个朴素的事例告诉我们，榜样不能太高，高到无法触及就走不进人的心里；目标不能太大，大到海市蜃楼就成为无法实现的梦幻。向身边的人学习，先从实现小目标做起，小目标实现的多了就成了大目标。

中年，敬你一杯枸杞茶

　　年轻的时候很羡慕中年，那时我很瘦，堂堂男儿体重刚过一百斤，看起来像非洲饥民，照出相来自己都不愿多看一眼。而中年男人一个个挺着小油肚，肩宽背厚，派头十足，气场强大。那时的我坐下首，受重苦，没有房子没有家电，接手的材料如田间的野草锄了又生，到手的工资却像干旱的秧苗总不见长。看到中年男们纵横捭阖于社会上层，富足美满于幸福家中，感觉真是一种不可企及的美好人生。

　　终于熬到了中年，却没有感觉到当年羡慕的中年优越感，现在的年轻人车开得比你好，衣服穿的比你美，思想比你活跃，个性比你鲜明，对他们你还要适应新时代的要求，充分体现人性化的管理，虚心地学习新知识，接受新信息，更新老观念，否则倚老卖老只会"自绝于人民"、"自绝于时代"，落得个可悲的尴尬境地。当年，我只看到了中年外表的潇洒，却没感受到内里承受的方方面面的责任和压力，就像当年抓耳挠腮写材料时羡慕打字员不用动脑子机械工作的状态，现在压力缠身时又羡慕起当年只要把材料交差就万事大吉的轻松。

　　没来得及细细品味曾经羡慕的中年幸福，却猛然间经受了当头棒喝——油腻中年男！还想着等有闲有钱的时候盘两串名贵的珠子，结果写不了好字、打不了太极，所以也撑不起唐装……这些我都做不到，只是在紧张的工作中舒缓下来，泡一杯枸杞茶，却变成了一件油腻猥琐的事情，于是赶紧用杯盖遮掩起来，亏了杯子不是透明的。这连一杯茶都端不出来的中年，比起网民讥笑的油腻还差了许多，简直无法用词来形容了，直教人情何以堪啊！

大街上人来人往，男女老幼各有不同，人生每个阶段都有各自的风景，是谁把沉稳的中年送上了搞笑的舞台？忽然感觉自己中了个大招，被人恶作剧却浑然不知地对着所谓的二十条中年油腻男标准自我检查。这到底是谁的中年，谁来做主？有时间说你的青年癫狂少年青涩去，中年既回不到青年，也没到老年，中年就是中年的样子，要理直气壮地爱自己的中年，活出自己满意的中年。有一篇写中年人的文章，我忘了题目，也忘了详细内容，有个情节却印象深刻：早晨醒来，妻子看着沉睡在旁边一团油腻的丈夫，想到当初的年轻有为和眼前的无欲无求、浑浑噩噩，不由得感叹道，你咋活成这个球样？这样的中年倒是应该推醒过来，来一番维护，清一清心底的油腻。

中年没招谁没惹谁，也不用顾及这顾及那，要自信地活出自己的样子。来来来，亲爱的中年，敬你一杯枸杞茶！

名字趣谈

偶尔一个场合，年龄相仿的一位医疗界的朋友和一位企业界的朋友都叫红兵，只是姓不同而已，于是勾起了大家一个时代的记忆。

古人是有名有字的，而我小的时候首先是有一个小名，上学的时候才有一个大名，急切地想上学，但是年龄不够，那就先给我起一个上学的大名吧。对于名字，父亲有一个原则就是必须排家谱，也就是说我三个字姓名的中间必须要有个"承"字，虽然我们离开老家已经五六十年了。在正值"破四旧"的年代，还要坚持这些，我对父亲受到批斗的旧师范教育背景的反动性有了一点儿肯定。在这个条件的限制下，宠爱我的哥哥姐姐们开动脑筋给我起名字，最后还是《红岩》迷的大哥找到了灵感，借"成岗"之名给我起了"承岗"（后改为"承刚"），可我还是不满意，觉得不够时髦，我的小伙伴都是叫军或者兵，这才是让我非常心动的名字，可哥哥姐姐们一致给予否决，我只好屈从。

对名字的寄托有着鲜明的时代特征，那个时候我们认为大名意味着成熟和体面，小名仿佛是自己的尿床时代，所以上学后竭力隐瞒自己的小名，同学恶作剧的时候就互相曝光对方的小名，这种心结至今我都解不开，所以现在我还是不会告诉你我的小名，即使我们是至交。至于父母的名字更是不得随意提起，小伙伴发生冲突的时候，最恶毒的语言攻击就是喊对方父母的名字。现在的孩子喊父母的名字是一种撒娇的表现，父母表面娇嗔，心里其实

杨家河，一河乡愁流到今

是甜酥酥的。

随着时代的变迁，人们的名字审美观也在不停地演变，先是两个字的姓名盛行，随着改革开放的步伐，一些名字也开始洋化，甚至出现了四个字的姓名。社会心理进一步成熟的时候，名字跟风现象也逐渐淡化，个性越来越鲜明。去年回老家寻根，找到了自己的家谱，感觉到沉甸甸的分量，这时我对自己遵照家谱起的名字感到非常的满意。

台下的观众

上小学时，第一次画人物画，我临摹图画书上一个做早操的小男孩。在哥哥、姐姐的指导下，费尽千辛万苦终于完成，兴致勃勃地交上去，结果只得了五十分。质问，老师说："拓着画的都给五十分。"

上大学时，形瘦相差，立志晨跑，要把自己打造成一个成熟的伟岸男子，未遂，却得了一次冬季越野赛第八名，携奖品（脸盆）荣归，家人笑弯了腰："你其他参赛同学都是倒着跑的吧？"

前几年去清华培训，在心理学讲座上填心理量表，老师看了看表又认真地看了看我："这份表不太准，这是一个强大的复合型气质，和你好像不大相符。"我和老师只是一面之缘，怎么可以这样决绝地否决我？！

有领导在微信上转发习总书记新年贺词并附言："只要坚持，梦想就能实现。"我回复："我坚持了五十年，怎么坐在主席台上的总是别人。"此语是调侃，但总结半生，舞台上的热闹总是别人的，而我总是默默地做一个台下的观众，既然如此，那我就静静地享受观众的乐趣吧。

问候的思维方式

一日中午，下班回到家，如往常一样换了睡衣，吃了饭准备午休时，忽然想起车里落下急需用的物件，车停在楼下，想想大中午的外面应该没什么人了吧，碰到熟人的概率就更小了，于是决定就这样穿着睡衣一溜烟地跑下楼把车里的东西拿回来吧。谁知怕什么就来什么，当我穿着花睡衣从驾驶座上往出跨的时候，迎面过来了一对熟识的夫妻，妻子盯着我手里的包说："才回来啊？"我一慌忙，脱口而出："嗯。"丈夫意味深长地看着我："呵呵，真忙啊，才回来。"我："啊……啊……是……"觉着不对劲，待要解释，看到的已是背影。瞬间，对我的自知力高度怀疑，难道他们真相信我是一个能穿着睡衣上班的人吗，难道我真的错乱到另一个精神世界而不自知吗？

三加二等于五，三乘以二等于六。在确认自己正常后，想到刚才慌乱、尴尬、荒唐、懊恼的一幕，上楼梯的我不由得独自失笑，亏是路过的一扇扇防盗门都处于关闭状态，否则被邻居看到的才是一个十足的神经病。

见面问候只是礼貌性地打个招呼，形式大于内容，然而我们的传统思维总是要体现出认真的样子问个究竟，或许这样才能显示出对对方的重视吧。走在大街上，遇到熟人，非要问人家去哪儿或干什么去，难道想知道人家和谁约会或是否去打劫吗？特别是在以自行车为主要交通工具的年代，迎面匆匆而过，却要具体地问去哪里或干什么，慌乱中驴唇不对马嘴，令人啼笑皆非的回答大概每个人的身上都发生过，看官您能回忆起几条？

记得刚上小学的时候，班主任老师批评过同学问候的死板，明明看到老师挑着一担水，还要问老师干什么去。然而，老师只是在问候内容方面给了我们指导，却没有给我们开拓新的思路。不只是我的老师，是所有的老师都没有新的思路，所以才有了"国问"："吃了吗？"以致在厕所里见了面仍是一句："吃了吗？"

年轻时一早上班见到领导，很明显人家是去单位或正在上班，还需问人家去哪里或干什么吗？这时往往因计屈词穷而窘迫，甚至有一种紧张感。那时单位只有文书室有电话，县长把电话打到文书室找一位秘书，这位秘书匆匆忙忙从秘书室跑来，抓起电话就是一句："喂，你好，我是县长……"现在的年轻人见到你一脸阳光，蹦蹦跳跳地喊一声"早"或"好"，真是一种时代的轻松。其实，我们那个年代在阿尔巴尼亚电影里也见识了"早上好""晚上好"的问候方式，但只是当作了新奇的笑谈，没有变成自己问候的思维方式。

早上好！

中午好！

晚上好！

我在真诚地问候您，不打探您的究竟。

尴尬的大妈

人到中年如立刀锋，雅俗就在倏忽之间，全在于你半生的积淀和修炼，稍不注意就会渗出一身的油腻。况且时下话语权在年轻人手里，人家或精致为花样少年、细瓷美女，或犀利为蓬头垢面、衣衫褴褛，不管怎样都会成为引起尖叫的时尚范儿，而中年的你努力出一身汗水却依然难逃油腻的评判。为此，我曾以一篇《中年，敬你一杯枸杞茶》聊以自慰，引来许多的声援，心中稍感平衡。近日，一张《树上开满了大妈》的图片传遍了网络，让我这大叔好不容易平静的心又烦乱起来，紧接着又来了一张《山上开满了大妈》，我有一种预感，接下来将要有无数推手以调侃到底的精神让中国大妈们开遍祖国的山山水水、一草一木了。

大妈是对父辈中老大的妻子的尊称，有贵为掌门长子的意思，因此也泛指年长的妇女。这本来是一个受到推崇和尊重的称呼，可是，近年来，随着国人越来越富裕，掌握着家庭财政大权的大妈们逐渐登上了社会舞台，到国内外旅游、抢购黄金、跳广场舞等，大妈这个称呼也随之有点儿变味儿。去年秋天，一帮外地的大学同学要来磴口看鸡鹿塞，其中女同学居多，想到她们平时爱照相，来之前我在微信群里提醒："鸡鹿塞处于荒山野岭之中，周围没有花草树木，色彩比较单调，来时带几块纱巾，照相时点缀一下，展示你们的大妈风采。"谁知，这一提醒反倒让她们没有一个戴纱巾的。其时网上正流行调侃大妈们的纱巾照，我的这些受过诗词歌赋熏陶的女同学们也曾手持纱巾婀娜多姿过，这次却怕对号入座。

　　说起大妈们和社会的冲突，最突出的大概就是广场舞扰民了。其实，我对大妈们跳广场舞还是有高度共情的，现在的孩子们业余时间被各类才艺班、兴趣班排得满满的，成了一种负担。可是大妈们小时候却是物质极度匮乏的年代，重男轻女的父辈们能供她们接受基础教育就不错了，哪儿有闲钱供她们上兴趣班学唱歌、跳舞，更为不幸的是，她们接受教育时正值"文革"的特殊年代，仁义礼智信皆被破了"四旧"，上课主要是停课闹革命，服装颜色主要是灰黄蓝，表达感情主要是喊口号。当今天的丰富多彩呈现在眼前时，她们才发觉狂热的青春缺少了色彩。她们痴迷于广场舞，正是要填补青春的空白，弥补心理发展的缺失。近年来，老年大学办学火热，歌、舞、书、画班班爆满，正是源于大妈们对知识的渴望和对美的追求。大妈们好不容易熬到了退休，拉扯大了儿孙，韶华已逝，青春不老，社会应该回馈她们更大的空间，让她们开启另一段精彩人生，不应该对她们指指点点，任意调侃。

　　世人皆有不完美，大妈岂能无缺陷。所以大妈们，你们不必顾及他人的评价，尽情地绽放，活出自信，活出潇洒，更要活出优雅，只是不要把自己挂在树上，这样就有点儿尴尬了。

杨家河，一河乡愁流到今

父亲节感言

母亲节、三八节、情人节都是用来给女性过的节日，幸好还有一个父亲节留给男性。我在网上查了一下，父亲节是每年六月的第三个周日。如果不是网上嚷嚷，作为一个父亲，我也不记得是哪天。

社会这么关注女性是文明进步的表现，是绅士风度的社会化。按常理，需要被关怀、被照顾的对象一般都是比较弱势的群体，然而，作为传统"强势"群体的父亲们现在"强"的似乎也有点儿勉强。在社会上，几千年的君君臣臣一如既往，即使你有悟空的本事，总有一个如来控制你于掌心，为温饱、为前程折腰是颠扑不破的真理。在家里，封建家长制倒是被鲁迅先生一针见血扎得消失殆尽。外面受气想在家里发火，谁给谁发还说不定呢。先看看你的地位，家里能行的还得托不养宠物的福，再想想工资卡，还记得是什么颜色的吗？这些认了倒也罢了，你还得看人家成功人士，好房好车，孩子不是"富二代"就是"官二代"，两相比较，你还配做父亲吗？你还是这个家的顶梁柱吗？

想想自己还是个男人，总有一点儿豪气在吧。抽一支烟吧，除了显得更男人，尼古丁也是可以缓解焦虑的；喝一碗酒吧，除了显得豪放洒脱，也能借酒浇愁啊。至于夜晚啊，失眠就失眠吧，那是你一个人的世界，只有你陪着自己，再不用做给别人看。

"专家"真言

刚入冬的时候，猛地冷了一下，这时，看到"专家"们纷纷断言：今年是厄尔尼诺现象，将会是一个可以载入史册的寒冷的冬天，让人感觉现有的棉衣都无法越冬了。可是，"专家"的话音刚落，天气就不再好好地冷下去了。记得过去有个谚语说，小雪流凌，大雪封河。眼看三九天就要过去了，天气依然不是那么寒冷，几次去黄河边上，看到黄河一如既往地静静流淌，没有要冬眠的意思，只是河面上漂亮的流凌告诉你这是一个冬天罢了。这时，又看到"专家"们纷纷出来辟谣：今年冬天是极寒天气的言论没有科学依据，今冬不冷！

这时，我彻底迷惑了。如果刚入冬的极寒言论不是"专家"真言而是谣言，那么真正的专家哪儿去了，难不成是冬眠了吗？眼看三九天要结束了，"专家"们才浮出水面，断言今冬不会冷，这个判断我想大家都能做出吧。这时我心里倒是冷了一下，当你失败、失意的时候，是不是有很多像这些"专家"一样的诸葛孔明站出来幸灾乐祸地说："我就知道你当初……你今天必然……要是听我的话……"这种居高临下的语言石头必定让你的失败变成一片狼狈。

我不懂气象科学，倒是想施展一下巫术，让四九来个倒极寒，看还能跳出几拨厚脸皮的"专家"。

信息趣谈

听"互联网+"讲座，互联网真是让人们的生活发生了飞速的发展。十年前的信息手段和今天相比已不可同日而语。这让我想到二十世纪九十年代初的一个有趣的故事。

那时我刚调到县政府办公室当秘书，那时大部分人家里连固定电话都没有，那时人们全部住平房，那时我还是一名年轻的小秘书。冬天下班的时候，办公室一位领导要赴饭局，匆忙中让我转告他家属为他烧好洗澡的热水。我骑着自行车冒着严寒按照领导说的大致方位找到了他说的红大门，敲门无人，遂在红大门前留下一纸条："嫂子，某主任要洗澡，让你烧好热水。"后来知道，条子错留在了别人家的门口，不知这家女主人看了有何遐想，如果男主人看到了呢……

那样费力不讨好的事情放在今天就是笑谈了，纵使有万般情意，一个私信就淋漓尽致地传达了。而互联网带来的更多神奇变化在当初做梦都想不到。一个春节又给我们送来了引力波的信号，让我们对未来有了更大的想象空间，如果往前再往前走一步，也许就把你送入了时光隧道，你的梦幻就可以变成现实。此刻，你尽情地想，大胆地想，充满革命浪漫主义地想，你再离奇的愿望在不久的将来都能实现，也许一不小心就看到了你的前世……

夜深了，还是睡吧。

乡思篇

有一种瓜叫华莱士

说起河套的瓜，最奇特的要数华莱士。华莱士是一种蜜瓜，关于它为什么有一个洋名字，众说纷纭。有说是比利时传教士带来的品种，因当地有个百年大教堂；有说是美国叫华莱士的农业官员先带到兰州，后辗转传到这里。单凭名字还不算奇特，还有她的味道。她汇聚了蜜瓜的甘甜和百果的芳香，再好的蜜瓜和她比起来都会黯然失色；再好的蜜瓜，她的主人只说如何甜美，绝不敢夸比华莱士好的海口。最奇特的是她只能生长在磴口县，出了磴口县也就失去了其独特的风味。许多外地人想方设法进行了引种，都以失败告终。华莱士如血统纯正的高傲的皇族公主，她的瓜形椭圆金黄，体重保持在一斤左右，有人想增加产量，混入其他蜜瓜授粉以增大其体型，对不起，结果是风味全无。她的上市期很短，从七月中旬开始，七月底也就进入尾声了。并且她的保鲜期也非常短，成熟后在常温下也就能保鲜三五天，时间再长，她就没有了耐心，香味变成了异味。所以要想品尝华莱士，你需有一颗尊崇之心，瞅准对的时间，在对的地点才能与她甜蜜相会。

华莱士娇贵的特点影响了她的销售，有人想方设法延长她的保鲜期，冷藏保鲜成本太高，改良品种对于华莱士来说等于改变品种，有人甚至想到了转基因……总之最后都不了了之。一次在街上看到泡在冰水中的荔枝灰头土脸，哪里有"一骑红尘妃子笑"的影子，我蓦然觉得，我们这些努力是不是犯了方向性的错误？华莱士既然是高贵的公主，那为什么要把她包装成风吹日晒的民女外出招亲呢，她本应凤冠霞帔，居华美的绣楼，引无数王孙贵族尽折腰啊。阿拉善胡杨一周的辉煌，胜过漫山遍野的长青松柏，磴口华莱士珍贵的芳香怎不能让懂生活的人不惜代价趋之若鹜呢？关键是我们该为她做点儿什么。

杨家河，一河乡愁流到今

朋友感悟

人生最珍贵的是朋友，但交朋友是需要一定的机缘的。有一个写作群，群内的成员天南海北，素昧平生却因喜欢写作走到一起，互相激励着一起坚持写作、看书、轮流分享感悟，几乎每天一篇的微信文章让各自的思想和性格特质丰满地树立在彼此的脑海里，因学习、出差等机缘一旦相见，竟然一见如故，那份真诚、那份热情如久别重逢的挚友。交朋友除了这种机缘，我觉得还需要能力。我就非常佩服一些人，朋友遍天下，甚至能把上下级关系也转换成朋友关系，东西南北说起哪个都是好兄弟，办起事来逢山开路，遇水搭桥，看着他们谈笑风生、挥洒自如的人生，自卑之余感觉真是一种高度，木讷愚笨的我是无法企及的，由此也错失了许多人生的好风景。我也苦恼过，对自己失望过，现在想来，朋友如财富，是不能和别人攀比的，人比人，活不成。还不如在别人的繁华之余，选一僻静之处，邀不抛弃我的你、你、你，轻啜一杯清茶，我们彼此不说话，也十分美好。

我们能否专注地读书

昨天是世界读书日，读书对于多媒体、快节奏的当下来说，如街上惨淡经营的书店一样，在我们的生活中已逐渐被边缘化到若有若无的位置。想起小的时候，一是买书不易，一本连环画要以分为单位积攒好长时间的零用钱才能买到；二是书源匮乏，好不容易传到手的《红岩》《三国演义》等都已是前后页残缺的。这样得到的书既让人激动让人又珍惜，一头扎到书里捧着饭碗看、追着落日看、凑在煤油灯下看……身处偏远的乡村，书中丰富多彩、描写细腻深刻的世界激起了排山倒海的新奇和向往，让我全身心地投入和陶醉。

现在，我能买得起书，更能买得到书，却没有了对书的那种渴盼和专注的感觉。即使偶尔读一本书，也是临睡前的催眠，而且读着读着就走神了，眼睛扫过了一页的文字，大脑里却是世俗的纷纷扰扰，书中的内容一个字都没有看进去。因此，一本书碎片化地看完也就忘了，包括题目、包括内容、包括作者。我为找不到过去的感觉而困惑，也为当下的状态而焦虑，看看身边的人，能把大部分时间用来读书的也没有几个。是书落伍于时代了，还是我们的心浮躁了？

事物总是在波浪式前进，当全民都在低头看手机看到颈椎僵硬的时候，我看到了一篇《读书是门槛最低的高贵》的文章，又看到了一篇《阅读是门槛最低的装逼行为》的文章。不管是推崇读书是如何高贵的行为，还是抨击为装有格调而读书的行为，都是把真正的读书视为民族文明进步的行为。不管是把读书喊在口中还是把书拿在手上，我觉得把读书当作一种时尚最起码从社会审美的导向上来说也不是坏事，当然，更重要的是我们还能否专注地读书。

母亲节·生日

今年的母亲节恰逢我的生日——农历四月初八，在我们农村，生日都是以阴历计的，多少年来，对于自己的生日，除了过生日吃点儿好的，再没有其他感想。

大概是前年吧，各类媒体纷纷报道一则新闻：一位临产的产妇因疼痛难忍，从医院的楼上跳楼自杀。从相关的延伸报道中得知，母亲生小孩的疼痛程度如果按等级来划分，比留下黑紫印记的棍棒抽打还要高一个等级。有经验者的网络跟评就是一个词："痛不欲生。"产妇跳楼的原因家属、医院各执一词，互推责任，成为媒体喋喋不休热炒的话题，而我却被产妇的痛苦击中了，人到中年才第一次认真地反思自己的生日对于母亲来说意味着什么。

母亲生了我们弟兄姊妹八个，没有一个是专业医生接生的，更没有进过医院，记得弟弟老八出生的时候，是住在同村的大嫂的母亲接的生。那时农村的母亲们都是这样，生小孩时就是请一位有丰富经验的邻居大婶来接生。母亲就为村里很多人接过生，有时遇到难产的守一整夜，拖着疲惫的身体回来后也曾自言自语地说过："女人生娃娃就是一只脚踏在鬼门关的。"可是，那时我只觉得那是说别人，根本没想到母亲一个个地生我们也都是从鬼门关上走一遭的。

母亲之所以为母亲，就在于她们把对家庭和儿女的一切付出，包括生命，都视作理所应当，从没有标榜和居功自傲，以致我们忽视了这一切的存在，就像小时候一直认为母亲不馋好吃的，不喜欢穿新衣，更不知道在自己的生日母亲所经受的苦难。

又是一年母亲节，网上充满了对母亲的溢美之词，今天的母亲堪称伟大完美。其实，我们的母亲伟大也是平凡中的伟大，既然平凡，就有她的不完美。记得我们从农村搬家时，一位邻居大婶听说母亲要走，热泪盈眶，当看到我们不准备带走的农具时，立马顾不得悲伤，急着收拾起来。这就是真实的母亲，她们生活在现实生活中，所有的勤劳、善良都充满了人间的烟火气。

把母亲绑架到圣坛上去膜拜，表现的是自己的存在感，面对现实生活中的母亲或许有诸多的不耐烦或漠视。母亲也许没有文化，也许观念守旧，也许有原生家庭的不足，也许有时代发展的代沟，也许已身形丑陋，也许已行动迟缓……她们需要一年有一个节日来爱她们，更需要有每一月每一天来关心陪伴她们，正如美国著名心理学家罗杰斯倡导的人本主义理念：充分的关注、聆听、共情才是最好的尊重。爱母亲，不妨从我们出生那刻开始，用心地陪伴母亲重走那段历程。

母亲节·生日

老补生

"老补生"就是指高考落榜后年复一年补习参加高考的学生，这是一个时代的产物，对于现在的孩子来说，考个大学很容易，每年大学录取率接近百分之八十，出来能否就业暂且不管，最起码当时有大学上，所以也不会出现耗费自己青春的"老补生"。可是，在二十世纪八十年代的高考大军里，"老补生"却是一个规模性的群体，虽然大学录取率在个位数，但是对于农村孩子来说，高考是跳出农门改变命运的唯一途径。

那一年的国庆假期后，我在家乡的小站等公共汽车回单位，有一个小伙子径直过来和我打招呼，看我一脸茫然，他当胸给我一拳："你死去吧，连我也不认识了？"最终，在另一个伙伴的介绍下我才知道他是牛。他是牛啊！从小和我一起长大、俩人每天相跟着一起上学的牛，现在竟然这样陌生。当时，牛就是一个"老补生"，他高考失利后补习一年，又失利，于是又从高一上起，见到我的时候，已经上到了高二，戴着厚厚的眼镜，神经衰弱、长期住校导致的胃病和岁月的磨砺已使他的容貌没有了一点儿童年的影子。当时，牛的例子屡见不鲜，因为他们有太多的理想，而出生在农村又给了他们太多的不公平，他们不想让自己的未来成为鲁迅笔下的老年闰土，他们只有破釜沉舟，用自己的青春做赌注。

牛最终是幸运的，考上了一所中专学校，跳出了农门，然而有更多的牛却是最终回到了自己的村庄，不知他们过得还好吗？我知道他们是看不到我这篇文章的，但是在今年的高考季，我还是想起了他们，并想为他们送上深深的祝福。

老补生

你点击的才是现实的幸福

今天是高考本科一批网报志愿的时间，牵动了无数家庭的心。俗话说，高考考孩子，报志愿考家长。到底是以专业为主、以学校为主还是以地区为主，除了能上北大、清华的尖子生，大部分考生和家长总感觉自己的分数就和金钱一样永远没有足够的时候。

从高考分数出来的那一刻起，家长们如同选择货物的性价比一样，就开始在数不清的院校和专业中筛选，211、985、专业实力、就业前景、地域优势等处处纠结，总感觉差那么十分八分的选了地区选不上学校，选了学校选不上专业，选了甲又觉得乙好。到了网报这一天，感觉两个小时的时间段是那样的短，总觉得点击是一种遗憾，仿佛有更好的选择藏在某个角落。其实，世间万物没有完美的，没有足够的满意，你遗憾的只是虚幻的憧憬，你点击的才是现实的幸福。这所学校，这个专业以及将要和你一起学习的老师同学，冥冥中在人生的坐标中和你相交于同一象限，续写新的人生篇章，这是多么神奇和美妙的事情。

人生重要的是过程，只要努力了，问心无愧的充实感就是当下幸福的结果。

谨以此文献给高考网报的孩子和家长。

你若盛开，蝴蝶自来

有朋友感叹："做了这么多好事，怎么等不来好报。"我回复："你不等它就来了。"

记得小时候家门前种了一片瓜，结上瓜后无所事事的我每天都要对这些瓜点一次名，特别是最先结上的老大，快到成熟期时，我每天都要用力扳一下瓜蒂，期待着瓜熟蒂落。可是，越着急越不见动静，最后还是没等到瓜熟我就人工让它蒂落。以此类推，瓜中的老二、老三等都是如此命运，我也终是没有吃到一颗熟瓜。参加工作后，同事的父母有个瓜园，两个老人在当地是出了名的勤劳，只重耕耘，满园金黄的熟瓜任我们采摘。想起当年瓜田里猴急的我，我感到淡定的老人才有一种让人羡慕的幸福。

遇到一个多年不见的老同学，红光满面的气色加成熟儒雅的气质，比年轻时更显魅力。问起养生秘诀，他平和地笑笑："人说青春时光最美好，我觉得人到中年才等来了幸福。年轻时，一心想出人头地，磕磕绊绊，每遇一事，认真计较，寝食难安。身体也像心态一样，今天上火，明天感冒，总想用灵丹妙药立竿见影，却总是打破体内的平衡。到了中年，没有了急功近利的思想，给则感恩，不给则认命。生活中也改变了胡吃海喝的习惯，胃口更适应清淡和粗粮，还以为是年龄增长引起了肠胃功能退化，不成想不知不觉中，年轻时的小痛小病竟然没有了，身体和成熟的心态一样变得非常平和自然，吃得香睡得安，忽然感觉幸福就这样不经意间来到了身旁。"

其实，幸福就是你静观花开花落，笑看云卷云舒，就是你一顿香甜的饭，一枕安稳的觉。幸福的到来是不敲门的，也许它就伴着你而你却没有发觉，如果它真没有来，那是你没有耐心地等待。幸福真不是刻意能追到的，你若盛开，蝴蝶自来。

杨家河，一河乡愁流到今

元旦读一首余秀华的诗

　　2016年元旦终于下决心为自己改变了一下生活习惯，由每天晚上傻坐在电视机前改为写《刚的语》，原打算是尽量像记日记一样每天写一篇的，但由于自己毅力的问题、灵感的问题，也不排除确实有一些客观上的问题，昨天赶在跨年之前，匆匆忙忙完成了《刚的语》第一百三十六篇，算下来两天一篇都没有实现。遗憾是有一点儿，但更多的是欣慰和充实，毕竟是做了一件自己喜欢并且想做的事。

　　当初下决心写《刚的语》是有很多的顾虑，在从众方面，正常的社会心理环境中，不一本正经地务大家都务的正业，往往容易因另类遭受讥笑，何况你没有那么深厚的文学功底且搁置二十多年不写，虽说是抒发自己的心声，但能否被接受？再者，说出的大话能否有相应的毅力去付诸实施？现在看来，这些顾虑是多余的。每当把自己内心的感动、温暖、喜悦、忧伤融入文字，深夜点击发送的那一刻，仿佛生活没有了缺憾，这一夜必定睡得踏实、香甜。早上醒来，看到一个个点赞、评语，新的一天是多么美好。感动于深夜等读《刚的语》或把《刚的语》作为自己早读的一项习惯甚至转发到自己朋友圈的朋友，感动于深夜看了《刚的语》后情不自禁打来感慨的电话，感动于一个个鼓励和热心的指导，更要感谢中山大学林景新老师的引领和"我就喜欢写"这个群体带给我的正能量。

　　元旦夜，读了一首余秀华的诗《穿过大半个中国去睡你》："……大半个中国什么都在发生：火山在喷，河流在枯／……我是穿过枪林弹雨去睡你／我是把无数的黑夜摁进一个黎明去睡你／我是无数个我奔跑成一个我去睡你／当然我也会被一些蝴蝶带入歧途／把一些赞美当成春天／把一个和横店类似的村庄当成故乡／而它们/都是我去睡你必不可少的理由。"这是一个身患脑瘫的农村女诗人强大的精神力量，而身强体健者，或光鲜亮丽，或富贵显赫，别说跨过大半个中国，往往深夜辗转反侧在自己的一方小榻，自己都睡不好。

也说春晚

今年的春晚是彻底没有一个印象深刻的节目了，当然这不能作为评判这台春晚好坏的依据，因为整台春晚我就没有专注地看一个节目，而是在不时地用微信、信息拜年和抢红包中分神看完的，也想认真地补看一下，但又看到似曾相识，还是没有兴趣看下去，所以，往年的春晚总还有几个小品或歌曲能留下点儿印象，今年彻底没有了。

回想起二十世纪八十年代初的春晚，场面不大，更不奢华，台上的演员为数不多，但一个个含金量十足，虽舞美灯光效果还很简单，但演员的个性非常鲜明，在观众的眼中有很强的立体感。那时的观众也非常单纯，刚从灰色单一的世界中接触到改革开放，春晚已是令人耳目一新的五彩缤纷了，怎能不产生浓厚的兴趣呢？何况那时的春晚也确实留下了一些如《难忘今宵》一类的经典作品至今仍被翻唱。

现在的春晚场面越来越宏大，女演员一个个完美到一个标准脸型，男演员也是妆容精致，像我这般落伍的观众，只是有一母同胞的感觉，更别说他们被淹没在庞大的伴舞阵容中，哪里能分清是张三还是李四，更谈不上留下深刻印象了。语言类节目也很尴尬，下里巴人吧，流入了低俗，阳春白雪吧，又陷入了逢迎。再加上已不再专注的观众，春晚也只能是陷入费力不讨好，只比下一年好的境地了。

常听人抱怨现在的面包、麻花不如原来的好吃，原来经济条件差的时候，它们是人们改善生活的点心，现在遍尝山珍海味的人们把它们作为早点已是勉强，更何况为追求效率，失去了传统工艺的同时也确实失去了原有的风味，怎能不遭人抱怨呢？春晚也如此吧。

杨家河，一河乡愁流到今

遇见自己

年过完了，明天又到了上班的时间，朋友圈里看到一个标题：《关于春节假期延长的通知》。打开一看，四个字："做梦去吧！"还有的倡议春节假期应放到正月十五，我的眼前仿佛看到这些上班族们如不愿下地的懒牛，和主人的缰绳僵持着，无望地做最后的挣扎。我们真的这样懒吗？上班真的这样难吗？

有提前退休的朋友感叹，上班的时候觉得烦，可是一旦坐在家里更是无聊得难以应对。这说明人是不能脱离社会的，工作也是一个正常人的必要需求。但是，上班为什么又感觉到有那么大的压力呢？

心理学界研究认为，中国人合理解压的方式在全世界是属于倒数几位的，通俗一点儿就是缺少心理关爱的途径，面对金字塔形的上升空间，你要拼命地工作体现你的能力，还要有良好的人际关系，更要在"三千佳丽"中得到领导的赏识，还有神秘莫测的运气左右你，你必须要做得更好，但有谁去抚慰一个不完美的你？

其实，现实并不是这样危言耸听，换个角度，改变认知，也许你会发现一个幸福的自己、伟大的自己。有压力，证明自己有追求，梦想还在，而且适当的压力才会产生新的动力，去实现新的目标。不要把自己当作一个完美的人，也相信世界上没有完美的人，你的付出、你的善良、你的真诚、你的友爱已经为这个世界送出了一份温暖，这个世界也同样在温暖着你，只是你还没来得及回首细细品味。今晚，无愧过去坦然入睡，明天，满怀新的希望遇见真实的自己。

杨家河，一河乡愁流到今

开往昨天的班车

　　晨练路过县城南端一座废弃的房屋，唤醒了一种特别的感觉，原来这是当年的公共汽车站，外立面已按美化市容的统一标准抹上了白灰，失去了她的时代特征。不由得趴到窗边窥视，里面已空空如也，一片凄凉。这时，耳边响起了一位跑班车朋友的话："现在都有了私家车，班车越来越难跑了。"最终，他放弃了这一业务，另谋生路。

　　时光荏苒，人来人往，熙熙攘攘的汽车站景象仿佛还在昨天。那时，私家车在梦里也梦不到，能坐班车倒是一种现实的梦想，那是你实现去远方、看世界的唯一途径，想想都是兴奋的。记得我刚参加工作是在沙漠深处的牧区，只有一趟班车，还是到附近的兵团就掉头向西，我们还得下车走五六里地才能到工作单位，而且这趟班车一挤二颠三抛锚的特点至今记忆犹新。我们从县城始发站上车就是人挤人，有座位的机会是微乎其微的，特别是沙漠里的夏天炎热无比，一个个乘客汗流浃背却紧密无间，车窗打开就有黄土沙尘飞进来，关上则闷热难耐，人们只好在矛盾中不停地选择，结果都是灰头土脸的下场。年久失修的路面如搓板一样让班车在上面有节律地抖动，传导至两个脸颊，震颤得发麻，一旦不抖动就表明出现了异常情况——黄沙掩埋了路面，班车如衰老的犏牛，"呜呜"地吼几下便抛锚了。这时，人多的优势就显现出来了，所有的乘客都下来齐心协力地推车，车轮如炝蹶子般抛起一片沙尘后便挣脱了束缚，继续赶路。

就是这样的车还不是回回都能坐上，记得有一年临近春节终于等到了放假，我和几个年轻的同事兴奋地早早起来赶往车站，终于等来了那辆军绿色的破旧的班车，可是生生没有挤上去，失望地看着那辆车喘息着消失在回家的路上……

很久没有坐班车了，忽然有一种冲动，登上一辆开往昨天的班车，去往昨天的远方，去看昨天的人、昨天的事。

杨家河，一河乡愁流到今

腹有诗书气自华

看到朋友桌上堆起一摞书，"近期把它们干掉"——这是他当下的小目标。因为我了解他，知道这不是作秀，这样的小目标对于他来说其实是常态，所以佩服是由心底而生的。偶然的一次机会，得知一个同事的孩子和他的女儿是同学，谈起他的女儿赞不绝口，这时我想，他的女儿如果不优秀倒是一件怪事了。

前一段时间，中央电视台播出的《诗词大会》引起了轰动，中国诗词的魅力让多少人血脉贲张，激动之余，作为家长，是立志自己要加强诗词学习的多还是回头语重心长地教育孩子要好好学习诗词的多？我想，还是后者占绝大多数吧。回想起来，我们做家长的不可谓不尽责，一切以孩子为中心，特别是以孩子的学习为中心，为了重点学校、重点班，费尽了九牛二虎之力，人力财力物力都服务于孩子学习成才这第一要务。望子成龙之心不可谓不真，不可谓不诚，效果却往往与我们的付出不成正比，有时甚至是费力不讨好，引起了孩子的逆反心理。这时，我们总是非常迷茫：我这么尽心尽力，你怎么就不理解大人的一片苦心呢？

如果我们换一种情境：自孩子懂事起，身边就有一对看书的爸爸、妈妈，这时你回头一看，你的孩子手里也捧着一本书。不用苦口婆心的说教，他就会自然而然地形成一种观念：看书就是我们生活的一部分。家庭一旦被书香浸润，孩子还需要煞费苦心地说教吗？成长是共同的，大人不成长为什么只让孩子成长呢?

　　有人说过去看过的书都忘了,看也是白看。有一个比喻很贴切,过去我们吃过多少饭也不记得了,但是它们变成了我们的血液、肌肉,看书对人是潜移默化的影响,看的书多了,自然就会有一种不一样的气质。中山大学林景新老师的《远方有多远》一书,每一篇文章的标题都那么富有诗意和美的张力,更别说隽永深远的内容了,细细究来,是多少名著巨匠在为他默默地助力啊,博览群书让他的每一个文字充满了力量。

　　读书会给我们无穷的力量!

杨家河,一河乡愁流到今

到底人间欢乐多

又盼来一个小长假，而且这是一个资深的最具代表性的假日——劳动节，所有的劳动者，体力的、脑力的，盼着这个节日的到来，祈祷着没有其他的意外干扰，轻松地舒一口气，恣意地放松一下自己的心身。

不知从何时起，感觉所有人都在喊累：做领导的累，做员工的也累；做体力工作的累，做脑力工作的也累，到底是哪个更累还真不好说。

一天，一个事业做得很大且非常精干的年轻人，告诉我去年经历了一年的抑郁症，看到他在和我诉说时眼中转动的泪花，仿佛那种被消沉的情绪笼罩、时时想着轻生的痛苦经历也从我的心头掠过，不由得产生共情。平时只看到他光鲜的一面，却不知道他在阴暗的角落里苦苦挣扎。无独有偶，没几天，一个事业有成的中年朋友也告诉我曾经经受抑郁症折磨的痛苦，在这个痛苦的过程中，生活中负面的、悲观的成分被无限放大，占据了自己的精神世界，差一点儿一蹶不振。还有多少人笑容的下面被一波一波无法阻挡的焦虑冲击着内心，无法停靠在宁静的港湾？

劳动光荣，劳动快乐，毋庸置疑，我们的智慧加汗水付出的劳动不可谓不多，得到的成果也不可谓不丰，可是除了有更多的压力，我们的快乐增长了吗？记得小时候在农村，五一劳动节正是玉米播种的季节，所以放假是城里人的事情，与农民无关。所以有多少农家孩子为了过上城里人的生活秉烛夜读。然而，当年跳出农门的学子们今天苦恼的时候是否还记得当初拿到录取通知书时的喜悦？

织女为了一个穷苦的农村小子牛郎，舍弃了神仙生活来到了人间，夜深人静，看着架上累累的瓜果，想着没有人能好得过的牛郎哥，发出"到底人间欢乐多"的幸福感叹。其实，牛郎就是一个淳朴、善良、勤劳的农村小子，想必干一整天农活也会是一身臭汗，更享受不上劳动节的假期，既不高雅脱俗，也没有仙风道骨，如果织女以一个仙女的眼光挑剔一下，也许对她的下凡之举肠子都悔青了，哪儿来那么多的欢乐？

谨以此篇祝所有劳动者节日快乐！

杨家河，一河乡愁流到今

包　装

　　说起理发，说不完的新概念、新潮流，引无数时尚人士（特别是女士）掏腰包。窃以为，若论理发功力，只有从中年男士头上才能见分晓。年轻人的发型，怎样怪异都不过分，也许失误的发型还更有个性。女士的头发长，再怎么失误总有挽救的余地，而中年男士就不同了，大部分前卫新潮的理发师仿佛忘记了他们的爸爸甚至是爷爷头发长什么样子，一不小心就把你的头发理成和他们风格接近的样子，一照镜子，沧桑的脸庞加上新潮的发型，标准的一个"半吊子"，真有一种无颜见父老乡亲的懊恼，接下来的日子只能是用荣辱皆忘的心态挨到头发长长……

　　好不容易遇到一个能把我的发型基本上还原到符合中年身份状态的理发师，于是，他不是我专用的理发师，我却成为他固定的顾客。小伙子姓陆，长的朴实，敦厚老实，不苟言笑。时间长了才了解到他在北京学成并且自己开店干了好多年，技术确实不错，做生意也本分，生意却似乎不如周边那些在本地学成开店的好，究其原因就是不会包装炒作自己，不打广告，不搞噱头，更不会把写满外文没有一个中文的伪劣品吹嘘成高档进口货，也不会引导顾客打蜡、倒模等。我为这样的老实人着急，开导过他好多次，但似乎不起什么作用。

　　今天上完端午小长假前的最后一天班，我拖着疲惫的身躯来到店里，理发中间，看着他不温不火的生意，我又提起了包装的话题，小陆笑笑不语，我也无趣地沉默。俄顷，许是要打破僵局，小陆向我打听起一位领导，我说："认识认识，当初和我一起当秘书，现在……"此刻，我流利的话语忽然如饕餮中咬到了一粒石子，我想我是再不能给小陆谈包装了。

经过小陆的一番打理，我又变得精神焕发，看着小陆淡定地做着收尾工作，我想，天性不会包装的人，老天也会给碗饭吃的。

杨家河，一河乡愁流到今

感慨万千说农民

近日观摩基层党建工作，被一个村里的"五人小组"管理模式触动，这个村的党支部在每个社选出五个村民代表参与本社事务管理，如低保、救济对象的评定，水费收取等，由于他们作为普通村民既参与了村委会的决策，又监督了决策的每个过程，给了村民一个明白，也给了村班子一个清白，因此村民不再对村委会持怀疑态度，也不再和村委会顶牛，村里的各项决策都能顺利实施，各种矛盾在"五人小组"的调停下也能迎刃而解。"五人小组"公示栏上，成员们一个个满脸沧桑，着西装系领带的样子，虽然不够标准、匹配，但感觉可亲、可爱。我心中有万端感慨。

农民这一阶层可以说是对人类社会的发展贡献最早、最持久、最无私的群体，自然社会自不必说，进入商品社会，一个价格剪刀差剪去了农民多少财富，剪出了巨大的城乡差距。这把剪刀剪得那么常态，那么持久，剪得农民只得认命。记得上学时老师问谁是城市户口，班里寥寥数位同学举起优越的手。城市户口的同学随便考个技校就能分配一份像样的工作，而农村户口的同学就没有这个机会，只能头悬梁、锥刺股，拼命挤向考大中专的独木桥，实现跳出农门的渺茫希望。这只是一个小格局的感受，大部分农民辛苦一年，累累硕果都被各种水费和化肥、农药、种子等各种生产资料抵消，年复一年。

往事不堪回首，现在终于要反哺农业了，免税、补贴、基础设施建设等，一下子觉得农民得了大便宜，一旦有不配合、提条件的农民就觉得不可思议，不识好歹。

农民有农民的局限，这个伟人们早有定论，我们这个农业大国不出三代，大部分人都是农民，每个人身上或多或少都有这种局限的影子，但是谁又能理解这种局限呢？真正从内心放下架子和农民平等交流的又有几个？

"五人小组"之所以受到村民的拥护，就是这些人真正是村民选出的代言人，没有大道理的说教和强制性的要求，而是把上级的政策和决策平行地传递给了村民，让村民认可了政策意图，看到了决策过程，体现了村民的意愿，各项工作自然也就得以顺利推行。所以对于农民不要烦，有话还得好好说。昨天，我们不也是农民吗？

杨家河，一河乡愁流到今

千辛万苦乡干部

上一篇我为农民说了好多话，我知道乡干部看了，一定会说："呵呵，站着说话不腰疼，有本事你来干干。"现在的媒体在报道一些基层干群矛盾时往往把乡干部简单化、粗暴化了，其实乡干部的苦衷谁人能够体会？他们大部分出身农家，是不愿意站在农民的对立面的。乡干部不是不体恤农民，是许多十万火急的工作任务容不得他们对农民开展润物细无声的思想工作。

当然，随着城镇化步伐的加快，现在的乡大部分变成了镇，对农民的工作也变成了全方位的服务，服务首先要解决问题，解决问题就会遇到矛盾，遇到矛盾就会有上访，说起上访就会泛起万千滋味，有历史积淀的问题，有新发生的矛盾，根本无法简单地用是或否来判定、随你的意愿快刀斩乱麻解决的，所以千万不要简单地质疑乡镇对某件上访案件为什么不解决，这就如同晋惠帝闻听百姓因饥荒饿死而质疑何不食肉糜一样天真。不过，不论什么错综复杂的案件，有一样要求是统一的，就是"稳控"，你必须耐心解释，周到服务，使出浑身解数，不论问题能否解决，必须要确保上访对象通过合理有序的渠道上访，不能越级，不能扰乱社会秩序。可是，上访人对关于自己诉求方面的法律和政策研究得非常到位，拔腿就走更是时代赋予他们的权利，要想正确引导他们，要么拼智慧，要么拼体力。

乡镇作为最基层的政权组织，承担着全部的政策落实，肩负着最后一千米的重任，有承担就有责任，上面千条线，下面一根针，方方面面的项目实施和督查验收不计其数，落实政策的辛苦自不必说，关键是要面对项目在理论上的可行性和在实践中的不可行性，最后你必须适应理论上的可行性的困惑。乡镇干部压力很大，从他们身上我总结出没有压力就没有动力这一颠扑不破的真理，常言信访工作是老大难，实施另一项重大工作的时候，我听到几个年轻的乡镇领导感慨："还说信访工作难，比起这项工作，信访算个甚？"

说乡镇干部辛苦，我也要笑笑不语。一天和一位县领导在一起，本来是周一，他却以为是周四，马上可以休息了。原来他已经连续两周没有休息了，早已打破了一周七天的规律。有一位语言表达不太好的干部说："下辈子我一定要生在大城市。"众人愕然，原来他是说身处上级部门就可以少几层检查验收。越是基层越不容易，大家都辛苦，何况乡干部？好在经过如此历练，乡镇干部也就成为县政坛的潜力股，这也算不竭的动力吧。

别人的风景

　　小区里有一个小商店，店主是一位中年男子，日复一日地坐在门口无所事事。小区物业有一位中年妇女，每天忙碌着打扫小区里所有的楼道。一天，妇女提着桶和墩布，匆匆忙忙从小店门前走过，由衷地对店主说："每天坐在这里真好啊！"店主无奈地笑笑："你每天坐在这里试试。"

　　忙碌劳累的物业妇女看着成天坐着的商店店主心生羡慕，她哪里知道商店店主整天坐在小店门口离不得寸步的无奈和烦躁。

　　出去旅游，难免要中导游的套子，挨商家的宰割，更不要说旅途的辛劳了，但为了看一眼异域的风光，一切都认了。看得多了，人们便有了深刻的体会：旅游就是从自己待腻的地方到别人待腻的地方。是啊，即使你身处仙境，从一出生看到现在，便也不觉得新奇，只是看到别人的是风景，自己的是光景，内心永远得不到平衡。

　　一日，我在早点铺里吃早点，旁边一对陌生夫妻正在边吃早点边和邻桌聊天，俨然夫妻两人开始享受社保养老金了："……我们俩每月都能领两千多元。""花不了吧？"邻桌问。"花不了，去哪儿花那么多钱？有时候给儿女补贴点儿。"夫妻俩十分满足的样子。我瞬间被他们真实的幸福感动了，风景其实在自己的心里。

我的白发照亮你的人生

一次晚餐后，暗夜中一小兄弟拉着我的手说："哥啊，吃饭的时候，我看到你两鬓的白发，一下子涌上来那么强烈的感觉，不是感觉你老了，是突然发现我老了，我们在一起工作已经二十五年了。"黑夜中我黑色的眼睛看不清他的面庞，但我分明看到了他发自内心的感慨。

二十五年也算漫长，但匆忙磨钝了数字的棱角，在不经意间匆匆而过，疏忽的不仅是时间的计量，还有时间中的自己……

一张照片从二十五年的深层漂浮了上来：二十多岁的我们簇拥在文书室的沙发上，纯真的笑容、青涩的表情凝固在线条分明的脸上。那时的我们拿着一百多元的薪水，在骑自行车的人流中匆匆忙忙的上班下班，趴在桌子上一笔一画地写文稿，手推辊子一页一页地油印材料，常常要加班到深夜甚至通宵。那时我们不知疲倦，有无限的快乐、无限的向往，但还是没有想到今天满大街的小车和无处不在的网络。快速发展的社会裹挟着我们快速地适应来自各方面的期望，为此我们手忙脚乱，应接不暇，为了达到各种评判标准，为了满足各种需求，做着各种努力，在不知不觉中，面庞变得臃肿，鬓角挂满白霜。

灯光下我的白发照亮了你的人生，漫长的二十五年中，我们匆忙地顾及了许多，唯独把自己遗忘在角落深处，蓦然的觉察唤醒了心底的暖流，找回过去的自己，对沧桑的心也是一种疗愈。

命运的嗟叹

一次从友人的文章里看到一个具有传奇性的真实故事。一个叫楼宪的"左联"作家，二十世纪三十年代初曾留学日本，在潘汉年、冯雪峰的领导下，和胡风、聂绀弩等一起创办反日刊物，后回到上海积极参与"左联"的抗日救亡等左翼文化活动，编辑进步杂志，发表过鲁迅、张天翼、唐弢等人的文章，被国民党抓捕后曾得到宋庆龄、何香凝的声援……万万没想到的是，二十世纪五十年代他竟然流落到巴彦淖尔，先是在农村生产队接受改造，后来四处乞讨流浪，寄居在一个用来看瓜的茅庵里。河套地区这种茅庵只是夏天用来看瓜，所以非常矮小简陋，四面透风，在里面过冬简直难以想象。直到二十世纪八十年代，他经中央领导的帮助，才得以回京。

其实在很早以前，我就在报上看到过有个楼姓的左联作家在巴彦淖尔沦为乞丐的传奇故事，但说的不太具体，我便误以为是现代文学史教材上曾提到过的"左联"作家楼适夷。当时没有便利的信息查询条件，现在又看到这一故事，遂勾起好奇，百度一下才得知：也是楼姓，也是"左联"作家，也曾留学日本，也编辑过许多进步刊物，但不是同一个人，此楼最后官至人民文学出版社副社长、副总编辑，彼楼却是截然不同的另一种命运。

有多少人在感慨命运，但命运的喜怒无常最是令人无话可说，当他对你风情万种时，便以为集万千宠爱于一身，春风得意马蹄疾，一旦对你开个玩笑，方知万般皆是命，半点儿不由人。

双十一随想

　　一年一度的双十一落下了帷幕，虽然双十一来临之前人们有种种不安和非议，担心剁手的败家娘们购入一大堆未来的库存品、担心先提价后降价等交易陷阱、诅咒那个长得不倾国倾城却让你倾家荡产的叫马云的家伙，赞美那个双十一把女儿接回没有网络的农村老家的理想中的丈母娘等，但双十一还是如约而至，仅天猫一家就拿下了高达一千六百八十多个亿的交易额。这个数字对于没见过大钱的我来说抓掉耳朵也想不出个具象的情景来，只是双十一恰逢星期天，闲着没事凑热闹买了一件家用电器，今早打开电脑发现过了双十一又调高了二百多块钱，心中不由得一阵窃喜，感觉自己竟然有如此商业才华，是否在下半生改行换一种生存模式会让自己的人生辉煌无限啊？

　　双十一期间，正值第二十五次APEC会议在越南召开，记者采访中，一个越南的女孩非常羡慕中国便利的网络购物，只有比较才能唤醒我们对自己的清醒认知。记得在电商不发达的时候，大家出门旅游都要带一个特大的箱子。中国人注重人情礼仪，到哪里都要给亲朋好友带一点儿当地的特产，整个行程看风景的好心情被买东西分走了一大半，返程的时候负重累累，除了把大箱子塞到几近爆裂，还要再买一些简易袋子才能让这趟行程圆满。现在天南海北再稀罕的东西网上都有，出门就带一个装衣物的小箱子，即使买了东西也由快递来完成运送环节，这种便利就是一种幸福，这种幸福会来得越来越快、越来越多，物联网、高智能机器人等，发展的速度之快、变化之大，让你大开脑洞也难以想象，难度比我想象一千六百八十亿元还要难上一千六百八十亿倍。面对新事物还是积极地接受、适应、享受吧，刚发明照相技术的时候，还有人担心过被摄去魂魄呢，现在不是人人都在自拍吗？

人生到达退休的站点

　　单位陆续有同志要退休了，心里总感觉这是一个人一辈子的大事，一纸退休批文为他们画一个句号似乎还少了点儿什么，想来想去，决定为他们定做一个水晶玻璃的退休纪念品，上面除刻上"某同志退休纪念"，还刻上他（她）从参加工作到光荣退休的岁月，作为一生永久的纪念。今天带着纪念品去看望一位退休的同志，意外的礼物让她非常激动和感慨。

　　人生走到退休这一站，最是有无限的酸楚，小学毕业，盼望着中学的青春飞扬；中学毕业，憧憬着大学的激情浪漫；大学毕业，怀揣着远大的抱负理想。唯独到了退休，回首往事，有无愧的人生，更有无限的留恋和不甘，唯独没有了往前走的期盼，如果说盼也只是盼着如梭的岁月能慢下来。年少时曾经以为自己永远不会老，无忧无虑的时光恍若昨日，上有老下有小的岁月被忙碌打成了压缩包，待到得以喘息的时候，忽然发现已到退休的站点，从走出家门跨入社会又到退出江湖解甲归田，大半生匆匆而过，失落感是在所难免的，此刻用"莫道桑榆晚"之类的话安慰即多余又虚假。

　　单位去年退休的一位同志自己身患重病，今年退休的一位同志的丈夫身患重病，人生的每一个站点是无法改变的轨迹，唯愿有个健康的身体过好我们的每一天。

大雪小雪又一年

今天签阅文件，发现已到了12月1日，2017年最后一个月到来了，一晃一年又倏忽而过。

小时候感觉时间是岁月，漫长得盼都盼不到，过节过年要有好大的耐心才能盼来；现在感觉时间是飞梭，埋头忙乱，无暇顾及，一节一年一抬头就碰在面前。曾经为时光飞逝、人生苦短黯然神伤，而今无动于衷，任其变幻。愚钝还是麻木，不知其然。

王阳明的弟子用学识的多寡衡量圣人的分量，求教于老师，王阳明教诲：圣人才能学识的大小各有不同，圣人之为圣人，不在学识多少，而在持守了天理，心无杂念。就如黄金，无论分量大小，只要没有杂质，都可称为精金。人生亦如此。林景新博士在一篇文章中写道："人除掉睡觉和不开心的日子，一辈子真正活着只有一万天，有些人真的活一万天，有些人只是活了一天，却重复了一万次……不快乐的每一天都不是你的，你不过虚度了它。"

不论是2017年还是2018年，那只是你给它的符号标记，是不属于你的外在形式，属于你的是眼前的每一天，你或在痛苦中无视她的美好，重复地虚度；或在快乐中享受日月山河、花草树木中蕴藏的无限精彩。黄金无论轻重，贵在精纯；日子无论长短，贵在快乐。

明天参加补隆淖镇黄土挡村民俗文化节的健步行，终点有醇香的杀猪菜等着我，这必会给我带来一天的快乐。

　　临近大雪，河套农村进入了杀年猪的季节，一年的收获进仓入库，猪肉烩酸菜的香味溢满了村庄，这是河套农家冬天的快乐。

杨家河，一河乡愁流到今

请记住我——爱意暖心的《寻梦环游记》

看到网上热评的动画片《寻梦环游记》，想到此前的《疯狂动物城》的好，平时懒得进影院的我还是心动了。买票时遇到了年轻的同事领着孩子，说是要进行亲子教育，那么我这年龄是来干什么？不由得有点儿尴尬。

影片一开始在浓郁的墨西哥亡灵节氛围中，交代了故事的背景：一个酷爱音乐的叫米格的小男孩，因自己的曾曾祖父为了音乐抛弃了家人，从此一家五代人痛恨音乐，竭力扼杀米格的音乐梦想。此片看似一个儿童励志故事，然而故事情节的进一步发展却是出乎意料的。

我一直守旧地认为，一部好的电影故事才是最重要的，《寻梦环游记》的故事构思虽然奇特新颖，但又不脱离现实，充满了浓浓的人情味。小主人公米格为了实现自己的音乐梦，误入亡灵世界，见到了自己逝去的家人，惊喜地发现自己崇拜的偶像已故歌神德拉库斯竟然是自己的曾曾祖父。然而故事急转直下，其实落魄的孤魂埃克托才是他的曾曾祖父，是德拉库斯毒杀了思家心切的曾曾祖父，并窃取了他的音乐作品《请记住我》才得以成为歌神。曾曾祖父的屈死导致在世家人的怨恨和刻意遗忘，而彻底的遗忘将会使亡灵永恒地消失。影片充满了浓浓的爱意，年轻的曾曾祖父为幼年的曾祖奶奶弹唱《请记住我》，米格为行将就木的曾祖奶奶弹唱《请记住我》，唤起曾祖奶奶对父亲的记忆，那种情境中涌动的暖流简直要把人的心融化……还有影片生动的人物形象塑造、充满民族特色的墨西哥小镇以及具有强烈的视觉冲击力的亡灵世界，无论童真少年的心还是跃动青春的心或是油腻中老年的心都值得接受《寻梦环游记》的碰撞，在《请记住我》的深情旋律中享受爱的熏陶。

杨家河，一河乡愁流到今

冬至大于年

小的时候急切地盼着长大，为了长一岁等不及过年，父亲就说，过了冬至你就长一岁了。我以为父亲是敷衍我、安慰我，不过年怎么能长一岁呢？可平时也常听老年人这样介绍自己的岁数，比如：六十九啦，上冬就七十啦。诸如此类，我就彻底不明白了，怎么冬至就长一岁，那么过年长的一岁算不算？这冬至到底有什么道理？

我不喜欢冬天，除了寒冷，更有漫长的黑夜，于是随着秋天树叶飘零，一丝凉意也袭入心底，白昼日渐缩短，气温日渐下降，心情也日渐消沉在冬的夜里。北方的冬是那样沉重，把大半个春也压制凝固在毫无生机的冬里，挨过它就是一个漫长的煎熬。

终于知道了冬至是黑夜最漫长的一天，更重要的是它是一个重要的转折——从此阳光普照的时间一天比一天长，这一察觉让我把目光从黑暗转向了光明，看着一天比一天晚落的太阳，心情一下子在冬至这一天就好了起来，在这依然是夜长昼短的深冬，心情的春天早早地就到来了。

冬至的这天偶遇十多年前一起工作的好友，当初因他的善良和不世故仕途上很不如意，身后那些"成熟"人士一个个从他身边跨栏而过，有人难免要踩踏一下他的肩膀或大腿，导致他停顿甚至后退。今天看到他，想起那些跨栏者或摔倒或力竭，而他稳稳地一步一步一直向前，忽然产发了一点儿感悟，当初我还一直愤愤不平，为他的际遇而感到无望，其实是我短浅的眼光没有看到那是他人生的冬至。

　　王阳明认为，心外无物，心外无理，一切皆由我们的内心去解读。四季轮回，昼夜往复，相伴相生，一味地固守黑暗的执念，即使夏至也不会给你带来快乐。如果在冬至就能看到光明的生机，人生就没有度不过的严冬。于是顿悟冬至为什么长一岁，冬至大于年啊。

2018的感动

早晨起来看中央电视台《新闻联播》，恰遇播报解放军第一次接替武警执行天安门广场升旗仪式，陆海空三军仪仗队整齐划一的队列、坚定铿锵的步伐焕发出威严的气场，震慑人的心魄。高亢的升旗令下，军乐队现场演奏的《义勇军进行曲》响彻广场上空，伴着雄壮的旋律，看着徐徐升起的国旗，一股强烈的感动冲开情感的闸门，让人血脉贲张，祖国艰难的历程和今天的强大、安宁让人百感交集，很久没有的感动和2018年的第一天相遇。

前段时间网上关于过外国的节日争纷不停，有些人确实对自己国家的传统节日漠然置之，痴迷于平安夜、圣诞节。而反对者与之势不两立，甚至用强制或攻击性的语言阻止人们过外国的节日。其实对外国的节日的热衷不是一时偶然形成的，当我们用"破四旧"的粗暴方式摒弃了传统节日的时候，当我们优秀的本土文化被割裂的时候，外国的文化自然会乘虚而入。对外国的节日简单粗暴的对抗不是文化自信的表现，我感觉对抗者至少有很大部分是冲动型和口号式的，真正对传统节日从文化的层面有内心感受者不知有几人，传统节日的仪式感已被岁月逐渐地淡化，远离了我们。当我们的传统节日如春节一样成为流在我们血液里的乡愁时，外国的节日也就成为门前的过客，只是向你打一声招呼而已。

元旦来到了黄河边，正是一年一度的流凌季，河面上大块的冰凌如一朵朵盛开的白莲花，伴着湍急的河水流出一河的圣洁美丽。千百年来黄河静静地流淌，夏天的汹涌、冬天的壮观无时无刻不蕴涵着母亲河无限的魅力，引无数人为她讴歌，为她痴狂，这就是黄河的自信。

杨家河，一河乡愁流到今

电影《冈仁波齐》的魅力

一部像纪录片一样的电影，无论是藏族牧民的生活环境还是人物形象都是纪实性的，没有靓男俊女，也没有具有强烈冲突的故事情节，信徒磕长头行进在朝拜拉萨和冈仁波齐峰的路上的画面贯穿了电影的始终。就是这样一部影片却让你平静地和朝拜者一起前行，抵达心中的神山——冈仁波齐峰。

记得去塔尔寺的时候，看到过磕长头的信徒，一个个蓬头垢面，满身尘土，知道他们应该是经历了漫长的路程和无数的艰辛，当时对这种追求确实难以理解，电影《冈仁波齐》为我做了解读。

冈仁波齐峰是藏传佛教信徒心中最神圣的神山，马年是冈仁波齐的本命年，时值马年，他们认为去朝拜冈仁波齐可去除罪孽，倍增功德。放了一辈子牛的老人杨培想到死去的哥哥没有了却朝圣拉萨的愿望，从未出过村子的他也不想留下遗憾。被老人拉扯大的侄子为了了却叔叔的心愿，决定带老人前行。村里一个屠夫杀了一辈子牛，为了免除罪孽也要一同前行。还有肚子里怀着属马孩子的孕妇和她同样属马的丈夫以及同村觉得运气不好的邻居，大家都说想走，那就走吧，安顿好家人，一辆四轮车拉上帐篷等行装，就从村子磕长头向着遥远的拉萨和冈仁波齐出发了，他们要用等身长头丈量两千多千米的路程。

对于此事，他们决定的是那样的平静，行进的也是那样平静，一个长头接着一个长头，从日出到日落，从冰天雪地到春暖花开，天黑了搭起帐篷，吃饭、念经、睡觉，天亮了继续上路磕长头。遇到朝拜者互相资助，四轮车被撞坏了，人家还有急事，那就让人家走吧，车头修不好就拉着车斗继续出发。好心的老人让他们在家里借宿，老人的儿女们也出去朝圣了，那就帮老人把地种上再走吧。途中孕妇临产，在医院生完孩子后就继续上路了，到了冈仁波齐，杨培老人永远闭上了眼睛，他的侄子感到非常欣慰，这是老人修成的功德。他们对一切都是那么的从容淡定，对一路的艰辛波折、对别人的帮助、对自己的行善、对生、对死……这不是麻木，这是一种坚定的信仰，他们心中有一座永远不倒的圣山。

对于情感丰富、反应灵敏的我们，心灵鸡汤在朋友圈如洪水泛滥，一个个充满了使命感和神圣感，感恩、行善、积德、奉献等谆谆教诲不绝于耳，这时真应该静下来看一场《冈仁波齐》，看是否能找到自己心中的圣山。

杨家河，一河乡愁流到今

大师的平凡

季羡林这样博古通今，学贯中西的泰斗在我心里总感觉像神一样十分完美，高不可攀，要不怎么能成为语言学家、文学家、国学家、佛学家、史学家、教育家和社会活动家呢？在这样的人面前，我只能做一个平凡的小人。

偶然看到季羡林的清华园日记，简直不敢相信，怎么大师也有我等平凡的一面：一是麻木应景地上课，不喜欢记"放屁胡诌"的讲义，二是临考突击，感觉考试的无用和无聊。让我感触最深的是"无论多好的书，只要拿来当课本读，立刻令我感觉到讨厌……"这种感受。

记得当初我放弃了公费的专业对口培养，满腔热情地自费学习酷爱的汉语言文学专业，可是整个课程学下来仿佛是在梦游或如隔靴搔痒，始终没有找到预想的感觉。因为无论是诗经、唐诗宋词还是现当代文学，无论是多么浩瀚、多么华丽、多么浪漫、多么唯美，一律被考试的标准答案框成死水一潭，流传千古的诗词大赋名篇巨著，被教授讲义限定在几条思想意义和艺术特色里，努力背下来后变得索然无味，考试倒是通过了，但是对文学的美好憧憬早已变得麻木不仁，难以捕捉了。一直自责自己学习不专一，态度不端正，不够刻苦努力，看了季羡林的日记，一下子有一种轻松感，大师原来也有我等平凡人的一面。

我们总是把大师树立在至高无尚的道德圣坛上，不可企及，最后变成了巨大的压力把自己仅有的一点儿动力消磨殆尽，代之以失望、沮丧、自暴自弃。

　　看到大师的平凡才能看到大师的真实，感受到大师的温度，学起来才有现实性，不只是当作神来膜拜。

　　空口号难以变成实际行动，也是这个道理吧！

杨家河，一河乡愁流到今

过年的心情

忽然发现年越来越近了，要办的事还有一大堆，哪件事都不能过年，从早到晚马不停蹄，还是有一种莫名的焦虑。开了整整一下午会，晚上还要赶一个会，急匆匆地在小面馆吃了一碗面，接到会议取消时间另行通知的电话，得以喘息一下。从面馆出来，忽然发现小城的上空繁密的红灯笼让璀璨的星空退避三舍，景观树上的彩灯闪烁着五彩斑斓的瑰丽，一下子感觉到心中的年来了，这几天忙碌着的只不过是时间的年。

每个中国人都有一个自己心中的年，无论你孤冷高傲还是心理强大，无论你有多么卓尔不群的生活方式，大年三十万家团圆的时候，你一个人独处一隅试试，说不伤感月亮都不愿意出来和你争辩。

单纯地数着日子盼过年那是童年的美好，越来越感觉到年的脚步加快，那是人生的匆忙。有忙不完的营生，白天忙单位，晚上忙家里，嘴里喊着过年好累，心里还是为了一个更美好的年停不下来。

今天已是腊月二十三小年了，还是没有过年的心情，想着小时候父母天蒙蒙亮祭灶的情境，心里泛起的一丝伤感马上就被匆忙上班的节奏代替。下班走在小区里，遇到两个老太太边走边聊天："妈在家就在，要不我儿子大老远的回来干啥？"一下子意识到我也有儿子奔着这个家回来过年，我失去了一个家，但也在撑起一个家。过去只感觉父母在竭力为我们营造一个年，以为他们没有自己的思念，今日方觉是时间的匆忙让他们顾不得思念，享受一个年是幸福，奉献一个年也是一种享受。

　　小年已过，收拾好心情忙碌过年，这种忙是一种美好的期待，是一股暖流从心底泛起的温馨。

杨家河，一河乡愁流到今

新春序曲

　　人们一直为过外国的节日还是过我国传统节日争纷不停，有一些担心外国的节日会取代传统节日的人甚至发出一些简单过激的言论，以表明自己的坚定立场。今年的情人节恰逢腊月二十九，转眼就是年三十，街上少了卖玫瑰花的，店家也顾不得以往情人节的各种促销，家庭主妇没有收到情人节礼物也忘了谴责丈夫，如愿了那厮"老夫老妻还装什么情人"的谬论。相比春节，情人节算什么，对于商家来说，年货带来的商机岂是巧克力、玫瑰花之类能代替的？对于每一个中国人来说，所有的心思都用在过年上，还有比过年更隆重的节日吗？

　　年三十，最亲最思念的人回来了，最丰盛的团圆宴摆上了桌，大红灯笼照亮了夜空，大红对联映红了门楣，大红鞭炮"噼里啪啦"爆出一个热闹的年，这时，年的独特气氛一下子渲染到每个人的心底，又洋溢成一张张由衷的笑脸，一个腊月的忙碌甚至是一年的辛劳仿佛都是为了这一刻的幸福。

　　年初一，人们换上最漂亮的新衣相互拜年，头一天还在一起，可是第二天见面，一声"过年好"仿佛真的进入了一个崭新的境界，真正是"一夜连双岁，五更分两年"，人们一个个精神面貌焕然一新，心情也如被清风圣水濯洗般清新美好。春节是一年的开端，人们寄托了最美好的心愿，营造了最吉祥和谐的氛围，不说不吉利的话，不做对人对己不愉快的事，即使孩子调皮过度大人也不责骂，有什么不愉快，一句"大过年的……"是最有效的化解方法。

　　正因为春节是这样美好，所以正月初四接了财神，"破五"商家开门营业，正月初七又要过小年，接着又是正月十五闹元宵，还有正月二十三……最后干脆说不出正月就不算过完年，这是人们对春节的恋恋不舍，更是对延续美好吉祥的殷殷愿望。春节奏响了新春的序曲，奏响了新一年的序曲，带着美好的祝愿，带着款款的期许。

杨家河，一河乡愁流到今

和年龄一起成长

童年感觉年是一辆老牛车，慢悠悠等得心焦了还等不到；成年后年就像是个恶作剧的家伙，猛不防嘣地跳到你面前，一抬头惊出一身冷汗，又一年过去了。于是长叹一声："又老了一岁！"于是中年危机的焦虑涌上了心头。

"中年以后的男人，时常会觉得孤独，因为他一睁开眼睛，周围都是要依靠他的人，却没有他可以依靠的人。"张爱玲一语道出了中年男人的真实心境，父母在还有个精神寄托，感觉你虽然是父亲，但同时还是父母的孩子。父母不在了，你只能扮演父亲这一个角色，即使在深邃的夜空，你都不会忘记你是个顶梁柱，哪怕探不到顶。这时，每过一个年，你感觉离父母的归宿更迈进了一步。

当你就这样一年一年老下去的时候，不经意间发现身边的一个人却在悄悄地成长。总以为像每年回来那样，除了睡懒觉就是面对电脑背对你；总以为他未来的路需要你去规划，需要你不停地操心；总以为经验、传统是无价之宝，伺机一点儿一点儿地塞给他……蓦然间发现，身边成长的人不仅是明显高于你的身体，还有俯视你的充满思辨的目光，让你在仰视的同时，那些"总以为"的父母观轰然坍塌。

当你发现随着年龄老下去的不仅是身体，更重要的是思想的时候，你才应该惊出一身冷汗，当你自认为尽心尽力操碎心的神圣感爆棚的时候，其实是处在认知漏斗的底层井底观天，继续对独立成长的孩子不放手，进行爱的伤害！年后，网上流行"爸妈担心我在城里会饿死"的话题，看着东西塞满车的画面，是一种感动，同时也有一种无奈。试想连馒头都几十个地往里塞，不理智的爱给孩子造成更多的是负担。从深层讲，过度的不放心对孩子的能力也是一种否定。孩子在外面打拼，会经历很多的挫折，从人生道路的选择上来说，也同时存在风险，这时候更需要的是对他们信任和鼓励的精神动力。

孩子的成长带给我们新的认知，世界的多样性更需要我们去认识、接纳，拥抱不完美的自己，和孩子、和年龄一起成长，把危机转化成欣慰，中年甚至是老年让别人看起来才不会是一种负担。

杨家河，一河乡愁流到今

利与义

又是一年3·15，今年中央电视台的3·15晚会第一炮竟是开向德国大众的原装进口途锐汽车，曝光其发动机进水的严重质量问题。人们一直把德国的工匠精神奉为神话，微信中热传的有关德国产品质量精益求精的文章简直到了神圣的地步，感觉他们国人的认识以及产品是无法企及的。但这次出现的质量问题，大众的对待方法却和其他商家如出一辙，先是不予理睬，而后是敷衍应付，直到在强大的压力下才正面应对。

这时，高尚和道义已悄然隐匿，挺在前面的是一个大大的"利"字，正如俗语所说："无利不起早。"不管多么冠冕堂皇的理念，商家的终极目的还是一个"利"字，只是看你追求手腕的高明与否罢了。日本连续曝光的钢材造假、韩国针对中国游客的伪劣化妆品等，充分说明了商家的"义"就是包装"利"的一层鲜亮外衣，一旦利欲熏心，利益膨胀，就会撑破这层包装，露出本来面目。

当然对于国货更不能妄自尊大，那些用各种添加剂勾兑出来的核桃花生饮料更是令人发指，特别是重点针对俺们县级城镇和农村，每年过年的时候大街上超市门口摆放出各种花花绿绿面孔陌生的拜年礼盒，成为春节一景，现在回味起其寡淡的味道顿时勾起满腔怒火，是可忍孰不可忍！

产品质量一头连着老百姓的切身利益，一头连着商家的利润，靠宣传教育和隔靴搔痒式的处罚唤不醒商家的良心，更无法保护百姓的健康，只有高悬利剑，让制假造假者望之胆寒，才能让商家穿上道义的外衣，为百姓奉献信得过的产品。

人生自有诗意

一天夜晚在街上看到一个外卖小哥接了一个电话后，一下子情绪爆发，怒爆粗口，然后又无奈地启动电动车消失在夜色中，去履行这一单让他愤怒的任务。由此，对于街上日益增多的外卖小哥，我总是要不由得多关注他们一下，看他们穿着统一的工装穿行在大街小巷匆忙的身影，看他们或面无表情或春风满面的年轻的面庞……

出乎意料的是在中央电视台的《中国诗词大会》第三季争夺冠军的擂台上，出现了一位外卖小哥雷海为。他的对手是北大文学硕士、《诗刊》编辑彭敏。彭敏赢似乎更加顺理成章，但富有戏剧性的是外卖小哥雷海为赢了，这一结果击起的岂止是千层浪，淡定的外卖小哥让现场的主持人、嘉宾和观众甚至是整个网络都沸腾了。

说真话，雷海为刚出场的时候，感觉更像个外卖"老哥"，艰难的生活状态过早的把岁月的沧桑留在了他的脸上，却没有妨碍他对诗词十几年的苦苦追求。董卿这样夸赞雷海为："你在读书上花的任何时间，都会在某一个时刻给你回报。""我觉得你所有在日晒雨淋，在风吹雨打当中的奔波和辛苦，你所有偷偷地躲在那书店里背下的诗句，在这一刻都绽放出了格外夺目的光彩。"我相信雷海为十几年前爱上诗词的那一天并没有想到能有在中央电视台《中国诗词大会》夺冠的这一刻，今后对他的物质生活也不见得有天翻地覆的改变，他真正拥有的是诗词带给他的内涵丰富的精神世界。

一天，我走进一家常去的面馆，老板娘对我说："你是不是姓何？我在《巴彦淖尔画报》上看到了你的文章和照片。"我立马有点儿小得意，这是遇到"钢丝"了吧。谁知她接着说："那期画报上也有我的诗，紧挨着你的那篇文章，只是我没顾上提供照片。"当我知道她的名字后，一下子想起一个摄影群里，有一位摄影爱好者的一系列摄影作品都是她给配的诗，首首精美，为画面增添了独特的意境。这是一家夫妻店，平时我只看到她忙碌的身影，有一次恰巧遇到夫妻俩因谁守摊子发生争执，想来每天囿于小店虽生意红火，但心情也有烦闷的时刻，想不到这么好、这么多的诗竟出自她手，在锅碗瓢盆、煎炒炖煮的生活中，她用诗情画意丰富了自己的人生。

人生自有诗意是《中国诗词大会》的主题，雷海为用刘禹锡的"千淘万漉虽辛苦，吹尽狂沙始到金"作为自己出场的定场诗，诗意不只是风花雪月，人生更多的是千淘万漉。感到生活如日出日落无法改变而发出无奈的叹息，人生就只剩下苟且；被生活掀翻在角落困顿无助时仍能抬头仰望秦时的明月、汉唐的星辉，人生便有了远方。

你的未来就是梦

　　记得我十几岁的时候，生长在农村，自然要帮着大人干农活，一是要力所能及地为家里分担农忙的压力，二是要为自己的未来练就生存技能。一次和二哥一起犁地，二哥在后面扶犁，我在前面帮牛。所谓帮牛就是抓着套在牛头上的笼头，通过往外推或往里拉来调整引导牛走出一条直线，以保证每一垄地都能犁到位。可我总是控制不好，不是过靠里就是太偏外，听到二哥不耐烦的指令更是慌张，于是犁出来的便成了"S"形的沟垄，不是重复就是夹生，如此往复，毫无改进。二哥气到无奈，只好停止耕作。由此，二哥对我的人生产生了无限的担忧：不会犁地，这辈子该怎么过啊！

　　是啊，老黄牛、铁铧犁，犁出了两千多年农民的生活，我仍然要延续，不会犁地该怎么生活啊？谁知痴人有笨福，耕耘了两千多年铁铧犁还未来得及深耕我的人生，却停滞在了农耕博物馆，终止了它的历史使命。

　　从此，历史像乘上了加速器，电视机在奢侈时尚的舞台上华丽地转了几个身，还没走到台中央就被智能手机挤到了没有追光的角落，千里眼、顺风耳已从幻想变为现实，当阿尔法狗屡屡战胜顶尖围棋高手时，高智能为人类展示了新的曙光：机器人代替了人的劳动，人不停地更新自己的器官似乎要实现长生不老，瘟疫、饥荒、战争更是像一粒灰尘被轻易扫除，物质极大丰富，劳动成了第一需求。一直以主宰地球自居的人类又要开始思考自己的生存意义时，发现自己的意义早已被高智能时代的"算法"代替，数据才是至高无上的，人文主义时代，主宰不了自己的隐私可以让人感觉到没有活下去的意义，数据主义时代，你的一切体验要以宗教的虔诚毫无保留地上传给数据，让数据流最大化才是至高无上的。智能机器人的学习能力远超人类，当人类感到了恐惧和威胁，想拔下人工智能的插头时，却为时已晚，人工智能已经成为这个世界的主宰，如果它们向人类反扑，后果不堪设想。

　　这不是我凭空吓唬你，是一位以色列人尤瓦尔·赫拉利写的《时代简史》这样说的，不过这也只是他的一家之言，就像人类看到和听到的只是光谱和声谱范围内有限的一丝缝隙，真正的世界远不是这样，未来更不只是赫拉利的叙述，它发展的速度和广度也许二十年后的情境你就无法想象，好好活着，一切皆有可能，你的未来就是梦！

杨家河，一河乡愁流到今

经历安好

2008年5月12日中午，由于旅途劳累，我从午休中睁开沉重的双眼，这时，房屋一阵抖动，我意识到地震了，但也没有做出进一步的应激反应，一是确实是太疲劳了，二是这样的小震也不是第一次遇到，也就没当作一回事，一如平常起来去上班。谁知，后续的消息越来越让人震惊，最后成形为惨不忍睹的5·12汶川大地震。

这时想起这次出门中途和我们分手去九寨沟的几位朋友，急忙打电话联系，随着无法接通的回馈，我立马升起了不祥的预感，按时间推测，他们应该是在从九寨沟返回的途中，在震中的可能性极大。好在结果是有惊无险，地震时，他们正在黄龙景区，不在室内，只是震后通讯中断，使得家人朋友虚惊一场。这是我知道的最真切的一个逢凶化吉的事例：他们在返程道路中断、通讯中断、银行卡无法提现、一片混乱无处逃生的情况下，他们竟然从内蒙古老乡那里借到了钱，竟然雇到了车，竟然有一条去往甘肃的通道让他们顺利抵达兰州，踏上归途。

此地的一震，只是平常生活的小小波动，谁知在彼地，却经历了生死的考验。如果我没去过九寨沟，这次一定会和他们同行，如果地震是在晚上，结果不堪设想……这时只感觉生活没有那么多的如果。

在灾情报道中，看到茂县也遭受了毁灭性的灾难。曾经，我们从九寨沟返回的时候，中途要在茂县住一夜，由于时间已晚，加之司机对我们的消费不满意，大巴在陡峭崎岖的山路上开得飞快，车窗外就是万丈深渊，闪烁着星星点点的灯火，让人头皮发紧，毛骨悚然。这时，大家排除了赶时间的因素，全部归因于司机的报复，一路上两位严重晕车的美女两手死死抓着扶手，目视前方，早已把晕车忘到了九霄云外，直到到达茂县，大家才松了一口气，有了安全感。其实，对于常跑山路的司机来说，那个速度也许是他的常态，他不可能用他的生命和我们开玩笑，只是平原上的人把人家认为的安全当作了自己的危险。然而安然入睡在茂县，难道就没有危险的存在吗？

人生许多不经意间的经历往往蕴涵着值得经意的回味，地震的那一刻你经历了什么？后来以及后来的后来，你经历和将要经历什么？无论经历什么，不求洪福，不求大贵，只愿我们安好！

致敬1978之白面馒头

1978年的冬天，生产队里的玉米连秸秆还堆在场上，秸秆已经发霉变黑，像往常一样，我们大队学校的学生娃娃就去劳动锻炼，帮助生产队掰玉米。劳动中，一个同学悄悄地对我说："听说国家又让社员个人养毛驴了，以后可能还要单干了。"这个消息来得太突然，有点儿令人难以置信，虽然大人的事情我们不懂，但老记得老人们说起二十世纪五十年代由单干入社的时候，我们村里有个人每天拉着自己的一头毛驴不愿交给集体，成为当时自私的落后分子受到批判。大集体我们自上学起歌颂了多少年，说解散就解散了吗？

回到家里，几位邻居在晚上聚到我家兴奋地谈论起这件事，说一旦真的让自己干，以后白面馒头想什么时候吃就什么时候吃！真有这么好的事吗？这么诱人的目标把我起初的疑虑担忧冲得一干二净，每天能吃白面馒头，真的能实现吗？

说来惭愧，天下黄河唯富一套的河套，本是出产小麦的富庶之地，可吃白面都成了问题。记得那时候生产队成片的麦田中，总是有一小片一小片的空地，社员成群结队地给队里一起干活也是腰来腿不来的，留下的精力用于收工后回去摆弄家里的自留地。因此，庄稼的亩产量很低，每年交了国家的任务粮后社员分到手的粮食粗细加起来能吃饱肚子就不错了，白面馒头只能是调剂和改善生活，根本不可能随意吃。有一年，我们竟然吃起了国家的返销粮，记得大人们感慨地说："大后套也吃起了返销粮，这成什么了。"作为河套人，他们感觉很没面子。

转眼间，从包产到组到包产到户，队里的驴马骡牛和生产工具都分到了社员的手里，大家的积极性空前高涨，一家老小能出动的都到了田里，一旦成了自己的农田，哪里舍得有巴掌大的地方不长庄稼，绿油油的麦苗把丰收的景象呈现在眼前，白面馒头随意吃真真切切地成了河套人真实的生活状态。

一时，农村人成了城里人羡慕的对象，农村人不知道随意吃白面馒头竟然是一个历史性的转折；城里人也想不到，从农村人随意吃白面馒头开始，他们的生活也将发生翻天覆地的变化。1978带给中国人的变化，当时真是无法想象。

朋友，让我们一起回顾1978，致敬那个给我们带来伟大变革的年代！

杨家河，一河乡愁流到今

2019的幸福

每逢新的一年，人们总会许下许多美好的愿望，希望这一年幸福满满，2019年亦如是。在辞旧迎新之际，微信里流传着一款抽签游戏软件，朋友圈里晒出的个个都是上上签，2019年不是财运亨通就是官运发达，小幸福溢于言表。虽然虚拟的上上签不会是必然的现实，但心中还是有一种预兆的侥幸让人对新的一年有了幸福的期盼。

幸福是最没有门槛的目标，人人都有资格去追求，幸福是永恒的追求目标，所以人们才有活下去的动力。活下去，听起来太乏味，其实就是追求幸福的过程，只是演绎了过多的幸福与不幸福的故事，掩盖了初心，不知道我们到底在干什么。

有位女子在单位是能力响当当的领导，没有解决不了的问题，没有拿不下来的难题，工作样样不落后，个人年年评先进；在家里是顶梁柱，拯救式微的家道，照顾病重的父亲、丈夫，同时还是弟妹的依靠，人人都认为没有她办不了的事情，她自己也从不知道认输。一天，她的领导给她布置工作任务的时候，她感觉到领导说出的话语如根根钢针刺向面部，紧接着胸闷、气喘、焦虑、失眠等不适症状相继出现，多家医院查不出病因，求医无果，人几近崩溃。万般无奈之下她求助心理咨询师朋友，朋友帮助她认识到自己只是个小女子，不是万能的铁人。当她按照朋友的指导尝试放下的时候，发现工作别人也是能干好的，老人的护理弟妹也是可以做到的，一味地追求睛好终有烈日暴晒的一天，阴晴圆缺才是最真实的生活。

　　十几年前的夏天，我在去承德避暑山庄的路上，看到路旁的山上长着茂密的森林，清凉幽静，想象着在这里静静地待上几天，放空一切该是多么美好的一件事情，然而我们的目标是久负盛名的避暑山庄，匆匆的脚步容不得停留，时至今日，那片绿色的幽静依然在我心中挥之不去。在追求幸福的路上，脚下的匆忙，心中的焦躁，往往忽略了沿途的风景，只把追求的过程当作艰辛的跋涉。只盯着远方的大目标，幸福来得确实艰难，能感受到身边微小的关爱和感动，幸福其实来得也很容易。

　　幸福是奋斗出来的！2019年的幸福我们依然要靠奋斗，只是别忘了奋斗的过程就是幸福，否则我们还奋斗什么？

杨家河，一河乡愁流到今

过完了年过日子

昨天过完了元宵节，年也就过完了，我知道你要说过完二月二年才算过完，其实这是一个集体的自欺谎言——因为大家都赖着想过年，不想过日子。

常听老人操持生活的一句格言："过日子不得不小气，过年不得不大方。"由此可以看出，年好过，日子难熬。

正如我在《盼着过的才是年》一文中所写，千百年来，我们心中的年是盼着过的，年的美好是漫长的日子积淀的，即使再艰难的日子，都要为过年省吃俭用，过年不仅是物质得到了最大的满足，精神上更是得到极大的快乐，大家不能说不吉利的话，不能做让别人不高兴的事，即使平时有多大的隔阂，在一起过年就会尽释前嫌，开怀畅饮，真是喜庆祥和满人间。

过完年，各行各业开工上岗开启的是忙碌的日子，做生意的又要绞尽脑汁和市场去博弈，白领们又开始拧紧发条周而复始地签到打卡，农人唤醒了沉睡的田野，努力用汗水换取一年的收获……这样的状态又要持续三百多天。

然而，过日子远没有这么简单，上班的时候，忽然发现马路上非常拥堵，原来是上学的孩子们开学了，一张张稚嫩的笑脸后面是一个个沉重的书包，对于他们来说日子也不是童话。每一个家庭都有自己的未来，每一个家庭都有自己的希望，在追求的过程中，更多的是每一天的柴米油盐、每一日的喜怒哀乐，每一个日子都不会宽容地为你省去哪怕一个黑夜，所有的日子也不会浪漫地为你承诺永远和你一起风和日丽。

今年的元宵节恰逢没下雨的雨水节气，没有雨的雨水是节日，避不开风雨的是日子，在同样的日子里，我们共同经历风雨，过我们各自的日子，或诗与远方，或劈柴喂马，或相敬如宾，或卿卿我我……不管什么样的日子，都得踏踏实实地过，只要过成自己的日子，就一定是幸福的！

标准答案带给我们的是窘困的人生

坚持了三年多的写作，虽然是一些小文章，一些临睡前粗糙的急就章，但赢得了越来越多好心人的认可和鼓励。要说凭我可怜的文学功底，文章中断然难见铺采摛文的大赋风采，几乎是通篇的大白话，但庆幸的是通过半生感悟，终于能表达出自己内心深处的真实感受，这也是大家一直不离不弃陪伴我的原因吧。

提起写作，很多人认为这是一件很难的事情，看到一篇引起共鸣的文章，总是感慨地说："就是这么回事儿，同样经历过，我怎么写不出来呢？"

对于我们来说，写作都是认真对待过的，从上小学就开始了写作训练，从日记到命题作文，每一篇我们苦思冥想地写，老师逐字逐句地改，写出详细的评语，甚至打出不同档次的分数。为了得到老师的赞许或高分，我们努力地向老师的标准靠拢，用词、造句、完整的结构、积极向上的主题思想等，都有范文、有榜样、有统一的标准，到最后不由自主地步入了统一的轨道，"高大全"的价值趋向固化了自己的思维，真实的思想要用文字表达的时候自己也找不到了，大家写出的文章一看就是一个娘生的。记得2016年我在《刚的语》中曾用小学"作文体"写了一篇小短文《记一次有意义的劳动》，引起了许多人的会心一笑，这种写法对于我们每个人来说是再熟悉不过了。回顾中学时的作文，《白杨礼赞》《荔枝蜜》几乎统治了我写作的全过程。

有一个触动我的故事：老师让学生写一篇"你长大后想成为一个什么样的人"的作文，大部分学生面对这个题目，答案是不用想的，一定会是积极向上的，做一个有远大理想的人，不管是不是自己的真实想法。而有一个孩子的题目却是"坐在路边鼓掌的人"，作文写道："当英雄路过的时候，总要有人坐在路边鼓掌，老师，我不想成为英雄，我只想成为那个坐在路边鼓掌的人。"我对这个孩子顿生仰慕之情：他也许不会成为英雄，只能成为芸芸众生中的普通一员，但他能摆脱世俗的标准答案的束缚，说出自己的真实想法，没有失去自我，这是一般孩子甚至是成人都做不到的，这种健康的心理状态会让他的幸福指数远高于别人。

写作中的标准答案最终让我们不会写作，同样，在生活中，我们不知不觉中被标准答案的唯一性固化了人生信条，总是用标准答案和同事较劲、和爱人较劲、和孩子较劲，殊不知，用标准答案衡量同事，会让冷酷掩盖更多的友情；用标准答案去要求爱人，会让温馨和睦化为一地鸡毛；用标准答案教育孩子，会让更多创造性的可能在摇篮中夭折。最终，标准答案的桎梏会让自己丰富的人生只剩狭隘的黑白两色。

所以，我们不妨现在开始质疑自己的人生，质疑是思辨的出发点，质疑不是怀疑，而是努力看到更多的可能。比如从现在开始写作，哪怕是什么都写不出来，就写写不出来的感受，让自己的真实思想冲破标准答案的禁锢，自由自在地在阳光下行走，找到了真实的自己，或许能找到人生更多的可能。

有话好好说

我是一个排球迷，除了看中国女排的比赛，有时也看看网上的排球论坛。可是，网上总有一些人永远是怨气冲天，女排一队在比赛中稍有闪失，就指责郎平为什么不用年轻队员，派二队参加国际赛事，又指责为什么不派主力，用了这个队员，又指责为什么不用那个队员……总之，没有令他满意的时候，仿佛他比郎平要高明许多。生活中就是有这么一些人，看什么都不顺眼，说话永远带着怨和恨，吐出的字不带刺就不足以解心头之恨。网上也给这类人形象地冠了个名——"喷子"。

过去遇到这类"喷子"我也是义愤填膺，现在对他们更多的是悲悯。人本主义心理学家卡尔·罗杰斯认为，心理咨询师和来访者建立助益性关系必须要具备三个条件：真诚透明、接纳、共情。普通的人和人之间建立助益性关系也概莫能外。试想，生活中一个张嘴就带刺的人能和谁建立起助益性关系？一个人际关系紧张成为常态的人生活是多么的不堪设想啊。更为可悲的是他们的这种认知更多的是从原生家庭带来的，在后天的心理发展中也没有得到自我觉察的机缘，更没有得到成长。对别人的不接纳从深层次讲是对自我不接纳的投射，潜意识中隐藏的是一个极度自卑、脆弱的灵魂，这个灵魂只能得到心理学家的深度共情，生活中人人唾弃是必然的。

错误的认知必定导致错误的言论，正确的观点也要好好地把它说出来。在这个社会，不真诚的说话是危险的，太真诚的说话是致命的。作家梁晓声曾是一个心直口快、不会说话的人。有些人拿作品问他意见。他看完，直接告诉当事人："你还是改行吧。"不少人开始骂他。后来梁晓声吸取教训，再有人拿作品来，他便违心地说好话。不料这些作者把他的好话拿来做宣传，导致读者被误导，读者又骂梁晓声。再后来，梁晓声学会了说话，无论谁拿作品来，他就一句话："我真写不出这样的作品！"

　　具备梁晓声那样语言功底的人不多，但保持一颗真诚透明的心还是可以的。一句话看似简单，体现的却是对他人的尊重和自我的尊重，站到他人的角度用同理心说话，即使质朴也是动听的。

杨家河，一河乡愁流到今

不经意间的表达才是真爱

年初开始，参加了中山大学林景新博士的超级学习系列课程，课程暂告一段落，学员却不愿散去，自愿组成了超级学习群、写作群，互相交流学习、分享各自所长，除了分享写作、读书、摄影、珠三角经济、易经等内容，有一位学员分享了一课思维导图，引起了大家的兴趣，于是他欣然应允大家的请求，开启了系列讲座。接着又有学员为大家开了系列讲座。他们大都是公司老板或高管，有时因业务繁忙中午连饭都顾不上吃，但到了晚上依然精神饱满地为大家准时分享逻辑缜密、条理清晰的讲座。当然还有扛大旗的群主和助教，热心地维护着群规，督促大家按时交作业，帮助老师改作业，整理老师的课件，付出的精力或许更多，然而，不论是讲课的老师还是工作人员，这一切全部是义务的。

我在群里能跟上大家的进度已属不易，除了一天的工作，晚上坚持听课，笨手笨脚地完成作业，已感觉筋疲力尽，如果不是担心违反群规被踢出群，恐怕连作业都不能全部完成。因此我常常想，这些奉献者大部分生活在发达地区或是一线城市，他们的生活节奏快，工作压力大，应该说没有多少空闲的时间，而每次完美的分享很显然是经过了充分的准备，对于他们来说，时间真的是金钱，却用来为大家义务讲课，甚至还解答大家随时提出的问题。若论经济头脑，他们应该是高出大部分人的计算能力，但这笔账他们没有按常规算。学员们感恩他们，认为这是一种大爱，可他们只是像做着一件应该的事情，也许这才是一种真正的内在修为吧。

　　一直以来，我对打着旗号、标语，成群结队高调地去做慈善、放生之类的事情总不能被感染或感动，也许在无人的角落里，把废纸扔到远处的垃圾箱或不分贵贱地给他人以温暖的笑脸和包容更感觉来的真实。时下人们经常把爱和感恩乃至国学名言挂在嘴边，可是大部分人依然抱怨身边没有爱，自己没有回报。没有真正的内省和修为，虽然说了无数的爱，会讲无数的大道理，却依然过不好这一生。真正的爱不是刻意标榜出来的，往往不经意间的表达才是真爱！

止语的智慧

儿子高考时，考场不在本校区，为此，学校准备了大巴车和矿泉水，集体接送考场在外校区的学生。放在平时，我是会让他坐校车集体行动的，但这次例外，我决定开车单独接送。因为之前我看到一位全国著名的班主任说过，每考完一门课，总有一些孩子会洋洋自得地大声议论这道题应该怎么做，那道题应该怎么解，虽然这类孩子实际答的并不怎么样，但会给其他孩子造成"人家都会，我怎么不会"的心理干扰。我和儿子探讨此事，儿子也认为事实确实是这样的，于是达成单独接送的共识。

中学生涉世未深，遇到高考这么大的事情不可能平静如水，总是要用一些不成熟的表现来平衡自己的内心冲突，包括用大声嚷嚷掩盖自己的焦虑，让他们止语是不现实的，也是一种过分的要求。其实，在成人世界中，这种嚷嚷也存在，或许更甚。建个工作群，本来是便于工作上下沟通，了解重大的工作动态，结果常规性的工作也纷纷发布，就差没把吃一碗米饭用的是当地出产的米这样的功绩上报了，结果一些重要信息仿佛是掉到黄河里的雏鸡，没扑腾几下就被滚滚的浪淹没。群主无奈，只得出来制止。就这样，还是有情不自禁者要站出来说两句。成年人比孩子们更会说话了，让他们止语似乎更难一些。

中山大学林景新博士把语言表达的境界概括为三种：琴瑟和鸣、大音希声、拈花微笑。

场面上不乏一些口才卓越的人，把在场的人赞扬的心花怒放，特别是对上座嘉宾的评价，更是能点到感人的深刻之处，引来大家齐声应和，一致首肯，就差眼圈发红了，可是激动之余总感觉哪里有点儿别扭。倒是一些狐朋狗友坐在一起，不端庄的话"妙语连珠"，不掩饰的笑放浪不羁，看似乱哄哄吆五喝六，倒是有一些琴瑟和鸣的意思。

近日有幸和《我从草原来》的曲作者、著名作曲家王星铭老师谋面，王老师的音乐作品颇丰，在音乐界享有很高的声誉，但他从不在媒体上炒作自己的作品，我们在一起也从不提及，除非是在艺术层面的探讨。他在长期对蒙古族音乐的研究和探索中，对蒙古民族的性格有了深刻的理解，概括为：自由的生命，无言的真诚。为此，他为著名歌唱家布仁巴雅尔量身打造了《梦草原》这首歌。在北京录制这首歌时，布仁巴雅尔反复无数次都没有表达出王老师心中"自由的生命，无言的真诚"那种意境，最后他让布仁巴雅尔把能脱的衣服都脱了，关闭了录音棚的灯才找到了那种感觉。这大概算是一种大音希声吧。

佛陀拈起一朵金莲花却微笑不语，众人不解其意，面面相觑，唯有摩诃迦叶破颜轻轻一笑，佛陀当即宣布把衣钵传与摩诃迦叶。这是一种感悟和领会，这种境界语言是难以表达的。

从牙牙学语到完整的表述再到更好的阐述，最后发现说话不是唯一的表达手段。开腔是与他人的对话，静默是与自己的对话，沉思是与宇宙的对话。用多少年学会说话，也许用多少年却学不会沉默。

在秋分忘了春分的真诚

转眼到了秋分，从小时候的直觉就不喜欢秋天，秋分的到来预示着北方的秋天真的来了，万物凋零的季节也来了。

总觉得自己对秋分这个季节这么敏感一定有许多的感慨，可是坐在秋分的夜里总是表达不出来，总是质问自己，为什么在春分能写出《在春分里做个春梦》，在秋分就无法动笔了呢？刨根到思想深处，许是春分预示着万物生长百花盛开的季节到来吧。

春分和秋分都是昼夜平分的节点，这也是二十四节气关键的节点吧。春分昼夜平分后，阳光越来越长地洒在人间，而秋分却是太阳的恩赐越来越少，在秋的季节里难免就有一颗悲秋的心。

人生到了秋分的季节时，也能静下心来反思自己的过往。远的也许遗忘了，还是回望当年的春分吧。春分让不同年龄、不同际遇的人都跃跃欲试，因为春天是播种粮食、播种希望的季节，播种的目的是为了丰收，丰收就成了春分真诚的愿望。春分如含苞待放的花朵，是娇嫩欲滴的时段，为了成熟，她把自己推向了烈日下的夏季，不惜紫外线对自己青春的灼伤，付出一分的青春换来一分的成熟，为了丰收，最终把自己变成了秋分，原来秋分是付出和成长的春分。

悲秋是沉溺于自己认为失去的美好，比如青春的外表。外表是迎合别人对自己的评价，总想讨个好，为了追求外表，竟然在无意中忽略了自己的内心。小时候盼着长大，就是想有大人的成熟和担当，一旦长大了又想回到过去年轻的样子，专注于眼下的矫情却忘了当年的真诚。

在秋分的田野里走一走，葵花低着沉甸甸的头，玉米咧出了饱满的籽，高粱涨红了硕大的穗，大地把绿色化作一片金黄。这是丰收的季节，这是大地最巅峰的时刻，这是春分的真诚和初心，我竟然差点儿把她和秋分对立起来。秋分没有了绿色和花朵，却有了累累的硕果，所以她自信地站在一片金黄里，焕发出无与伦比的魅力。

写到这里，我想到了宗萨蒋扬钦哲仁波切说过的两句话："我们的一切所作所为，都是出于期待，而不是出于无造作的真诚。缺乏真诚时，我们会变得非常软弱，我们可能成为自己跟别人期待的牺牲品。"

于是，秋分过后，我在万绿丛中拍了几片红叶，因为这几片红叶吸收了最多的阳光，这是它们的真诚！

杨家河，一河乡愁流到今

后　记

　　当您翻到这篇后记的时候，我要衷心地对您说声"谢谢"，这是一个作者的荣幸！

　　这本书的前身是我在微信上开设的《刚的语》系列随笔。从小酷爱文学的我却阴差阳错地走上了以写作公文为生的道路，搁置了半生的文学梦无法化解，于是于2016年元旦斗胆宣布在微信上开始《刚的语》系列随笔写作。我担心过自己能否坚持，担心过被误解为"不务正业"，还好，逐渐增加的读者数和读者给予我的鼓励让一切担忧烟消云散。

　　从心理学的角度来说，写作是一种疗愈，探索心底的情结，看到真实的自己，实现自我的成长。这是文字的力量！长期积压的倦怠和困惑，在写作的自我对话和读者的情感同频共振中得以有效的缓解。我沉醉于这种状态，这时有人提醒我，开个公众号吧。公众号让我结识了更多的朋友，写着写着，又有好多朋友不停地催促我：出一本书吧。我写作的初衷纯属满足个人爱好，没有一丝出书的想法，所以一直无动于衷，《刚的语》写到300篇的时候，有人从微信中一篇一篇把《刚的语》全部摘下来，打印成两大本《刚的语》放到我面前，成为我心中最珍贵的版本，出书的动力油然而生。

　　年轻时，我在文学创作上也曾小露锋芒，半生回望，才知岁月的积淀何其珍贵。年少时熟视无睹的一切，变成今天的"带不走的村庄，回不去的故乡，见不到的爹娘"，所有走过的路、经过的事、遇见的人，那一山一水、一草一木，从心底浮现，如启封的陈酿，浸润在我的文字中，五味杂陈，热泪双流。

感谢中山大学林景新博士对我写作的引领，得知我出书的消息后，在忙碌的旅途中一挥而就，写就一篇心灵相通的序言，并在出版策划上提出了宝贵的意见。感谢亦师亦友亦兄的著名文艺评论家官亦鸣先生，洋洋洒洒撰写了一篇"最顺手"的评论（代序），感谢我的责任编辑蔺洁老师，年轻敬业，夜以继日，从专业的角度付出了辛勤的劳动。更要感谢我热心的读者朋友们，他们给予我创作最大的动力，他们的点赞、转发、留言让《刚的语》结识了越来越多的朋友，特别是引起强烈共鸣的留言，有时会超出公众号一百条的限额，有的留言就是一篇感人肺腑的文章，令人回味无穷，真该给他们出一本书。

最后，感谢您对这本书的惠顾，您的目光让我的文字有了温度，文字让我们相识，文字让我们相通，文字让我们一起走在通往精神家园的路上！

回望故乡，每个人心中都有一条流淌着乡愁的河！

杨家河，一河乡愁流到今